ハナコ
JN033804
アラン
年齢:約500歳 身長:188cm
立場 精霊王国エルメルの
竜神兼軍務大臣
凛とした美麗の竜人。
ソフィアのとある才能に目を付け、
契約結婚を迫る。
モーリス
年齢:約300歳 身長:182cm
立場 アランの秘書
堅物で真面目な男性。
プライド高き
ユニコーン族の中でも優秀。
ソフィアに精霊力の指導を行う。
ソフィア・エドモンド
年齢:16歳 身長:165cm
立場 エドモンド伯爵の長女
『魔力判定の儀』で魔力0を出し、
落ちこぼれに。
たまたま出席したパーティで精霊王国の
竜神兼軍務大臣と婚約することに!?
竜神様に見初められまして
Ryujin sama ni misomeraremashite

クラリス
年齢:19歳 身長:162cm
立場 ソフィアの侍女
「仕事ですので」が口癖の
きっちりとした性格。
ソフィアの生い立ちを知ってからは、
どんどん優しくなり…!?
シエル
年齢:約1000歳 身長:170cm
立場 精霊王国エルメルの女王
穏やかで人あたりの良い性格。
ソフィアのことを優しく見守る。

竜神様に見初められまして
Ryujin sama ni misomeraremashite
～虐げられ令嬢は精霊王国にて
三食もふもふ溺愛付きの
生活を送り幸せになる～
青季ふゆ
ⅲ みつなり都

contents

プロローグ

魔法王国フェルミ、エドモンド伯爵の領地。

その当主の屋敷の廊下にて。

「んしょ……んしょ……」

伯爵家令嬢ソフィアは、大量の紙束を抱えて歩いていた。

背中まで伸ばしたワインレッドの長髪はくすんでおり毛先はちれぢれ。

青白く不健康そうな肌、背はこの国の女性の平均よりも若干高いが全体的に痩せこけている。

着ている服は一応ドレスだが、地味でところどころ薄汚れていた。

伯爵家の身分でありながら貴族らしからぬ容貌の少女――それが、ソフィア・エドモンドだった。

ソフィアが両手で抱える紙束は、昨晩父に纏(まと)めるよう命じられた屋敷内の収支や人事に関する書類だ。まさかこの量の書類を一日で処理しろと言われるとは思っておらず、日課の家事と並行してやっていたため夕方までかかってしまった。

そのせいで今日はまだ何も口にできていない。

気を抜いたらこけてしまいそうだ。

フラフラな身体になんとか鞭(むち)打って、父のいる執務室に向かっている。

道中、すれ違う使用人たちのヒソヒソ声がソフィアの鼓膜を震わせた。

「またソフィア様、あんな重たそうな書類を……」

「魔法が使えたらねえ……楽に持っていけるのにねえ……」

思わず、ソフィアは下唇を嚙み締めた。

『あの日』以来、散々言われ続けたこととはいえ、やはり辛い。

でも仕方がない。

（全部、無能な私が悪いんだから……）

そう言い聞かせ、足を動かしていると。

「ウォーターボール！」

突然、ソフィアの頭にざっぱあああんっと大量の水が被さってきた。

「きゃっ……!?」

咄嗟の出来事にソフィアは防ぐこともできず、その身に水を受けてしまう。

（書類……!!）

濡らしたらまずいと、ソフィアは咄嗟に書類に覆い被さるように前のめりになる。朝から栄養を摂っておらずヨロヨロだった身体が重力に抗えるわけもなく、うつ伏せに倒れ込むソフィア。

「うあっ……」

両手が塞がっていては受け身を取ることもできず、衝撃がソフィアを襲った。

そしてあっという間にソフィアはずぶ濡れになってしまう。

「あら～ごめんなさい、お姉さま！」

嘲笑するような声がソフィアの鼓膜を叩く。

水の冷たさに凍えながら振り向くと、妹のマリンが杖を手にこちらを見下していた。

ソフィアとは違い、陶器のように白く健康的な肌に艶やかで長いブロンドヘア。

小柄な体軀と、小動物のようなくりっとした顔立ちは男性の庇護欲をかき立てるようなもの。

豪華なドレスを身に纏っていて、こちらはいかにも貴族の令嬢といった風貌だった。

「お花に水をあげようとして、つい座標を間違えてしまいましたわ。許してくださいまし」

「…………」

どこに花があるの、と言葉に出しそうになるのをソフィアは耐える。

口にするだけ無駄だし、余計に面倒なことになるのは目に見えているから。

昨晩、ソフィアが父に書類仕事を押しつけられる場面をマリンは見ていた。

わかった上で、嫌がらせをしてきたのであろう。

いつものことであった。

ソフィアは小さく息をついた後ゆっくりと立ち上がって、黙々と濡れた書類を拾う。

幸い、すぐ庇ったおかげで書類はそこまで濡れてはいない。

しかし、何枚かはびしょ濡れですぐ乾かした方が良さそうだった。

そんなソフィアの内心を読んだかのように、マリンは言う。

「困りましたわね――、書類がずぶ濡れですわね――？」

くすくすと、笑い声。

「どうしてもと仰るのであれば、ドライエアーを使ってあげてもよろしくてよ?」

『ドライエアー』。

言葉の通り、濡れた物を瞬時に乾かす魔法だ。

正直、今の状況では喉から手が出るほど欲しい魔法である。

(使ってあげてもいいって……)

元はといえばマリンの嫌がらせが原因じゃない、と口に出そうになるのを飲み込む。

逆らうだけ無駄だ、マリンの行動は単なる嫌がらせなのだから。

胸の底から湧き上がってくる様々な感情を押し込めて、ソフィアはマリンに乞う。

「……お願い、マリン。父上に頼まれた大事な書類なの」

「人に頼み事をする時の態度じゃありませんわね?」

マリンの眉が不機嫌そうに顰められる。

「別にいいのですよ、このまま部屋に戻っても?　私には関係のないことですし」

「……っ」

背を向けようとするマリンに、ソフィアは跪き頭を床に擦りつけて懇願した。

「お願いします、マリン様。ドライエアーを使って、書類を乾かしてください」

ニヤリと、マリンの口元が意地悪く歪む。

「……見てよ、あれ。またやってる」

「惨めよねえ、妹にあんなにいびられて……」

たまたま通りかかった使用人からそんな声が聞こえてきた。

頭を下げたまま、ソフィアは悔しさで涙が滲みそうになる。

「わかればいいのですよ、わかれば。ドライエアー」

愉快そうに言って魔法を唱えるマリン。

すると、みるみるうちに書類から水分が取り除かれた。

さすがはエドモンド家が誇る魔法師。魔法の効果は絶大である。

ただ紙の繊維が縮んでしまったのか、何枚かの書類はシワクチャになってしまっている。

さすがにこればかりはどうにもならなさそうだった。小さく息を吐いてから、書類を拾い上げるソフィア。そんな彼女に、マリンが意地悪なことを言う。

「お姉さまも自分で魔法が使えさえすれば、こんなことにはならなかったですのにねえ〜」

胸にずきりと痛みが走り、書類を拾う手が止まる。

「まあ、無理な話ですわね。なんといったってお姉さまは……」

にたぁと最上級の侮辱を込めて、マリンは言った。

「『魔力ゼロ』なのですから」

第一章　フェルミでの日々

ソフィアはいわゆる『落ちこぼれ』だった。

魔法国家フェルミでは、魔法の才が上下関係を決めると言っても過言ではない。

その中でも、エドモンド伯爵家は代々高名な魔法師を輩出してきた名門であった。

ソフィアはそんな名家の長女として誕生し、将来は強力な魔法師になるだろうと周囲から期待を受けて育った。

しかし、六歳の誕生日に神殿で行われた『魔力判定の儀』で全てが一変する。

魔法を発動するために必要な『魔力』が、ソフィアには皆無——つまり、ゼロであることがわかったからだ。

魔力がゼロだと、いくら魔法を発動するための式や呪文を覚えようとも無駄である。

魔法を使えるのは貴族だけという特権階級を敷いているフェルミ王国としては、魔力がゼロであることはすなわち『無能』であることを意味していた。

そんな悪夢のような結果を出してしまったソフィア。

エドモンド家に新たな伝説が誕生するぞと期待に満ちていた神殿は大騒ぎとなった。

母は卒倒し、父は怒り狂った。

その日を境に、ソフィアへの周囲の扱いは一変した。

エドモンド家はとんだ無能を生み出したという話題で社交界は持ちきりとなり、その皺寄せはソフィア自身に降りかかった。

『この恩知らずめが！　恥を知れ！』

『今まで手塩をかけて育ててやったのに……貴女にはガッカリだわ』

父からの罵倒、母からの失望。

さらには使用人にまで見下されるようになり、ソフィアの居場所は一瞬にして消え去ってしまった。そこへ追い討ちをかけるように、二つ下の妹マリンが、歴代の中でもかなりハイレベルの魔力量があることが判明し、ソフィアへの風当たりはより一層強くなる。

ソフィア・エドモンド、現在一六歳。

魔法を使えない落ちこぼれを家に置いてやるだけありがたいと思えと、屋敷内の家事や事務仕事を押しつけられ、使用人のように働かされる日々を送っている。

◇

「遅いぞ!!　どこで油を売っていた!?」

執務室。

書類を届けるなり降りかかってきた父リアムの罵倒に、ソフィアは身を竦める。

「しかもなんだこのシワクチャの紙は！　ふざけているのか!?」

「大変、申し訳ございません……不注意で水をこぼしてしまい……」

マリンの嫌がらせで水を浴びせられたから、と正直に言ったところで無駄だと判断してそう釈明した。父はマリンを溺愛しているため、マリンのせいにしたら逆に更なる罵声が浴びせられるに違いない。最悪、マリンの耳に入ってもっとひどい嫌がらせを受けるのは目に見えている。

……過去にも同じことがあったから。

「無能が。書類仕事もロクにできんとは」

ぎろりと、リアムはソフィアを睨みつける。

「大変申し訳ございません、全て私の過失です」

「……まあいい。お前を叱責したところで、変わらぬことだからな。このくらいにしておいてやる。ありがたく思え」

「はい。寛大なお言葉、ありがとうございます」

心を無にして深々と頭を下げるソフィアを、リアムはつまらなそうに一瞥する。

「……先に確認したい書類がある。今期の穀物の収穫量を記録した紙はどれだ？」

「それでしたら、上から五枚目にございます」

「出せ」

「は、はい！」

手元に書類があるにもかかわらず、リアムはわざわざソフィアに該当の資料を出させた。

「こちらでございます」

「どれどれ……ふん、豊作か。当然のことだがな」

不遜に言うが、リアムの声色には弾みがあった。

エドモンド伯爵家の領地は広大な田園が広がっており、そこで収穫される穀物が主な収入源。

元々、穀物が育ちにくい土地や気候、かつ魔物もよく出没していたため昔は苦労の連続だったらしいが、ここ十数年は豊作が続いており、財政も潤ってきている。

屋敷の財務管理を一任されているソフィアはそのあたりの事情を全て把握していた。

（……良かった、機嫌を直してくれて）

これで不作だったら罵倒に加えて暴力まで飛んできただろう。

ソフィアがホッとしていると、執務室に母メアリーが入ってきた。

煌（きら）びやかなドレスにアクセサリー。

赤紫の髪まで豪勢に彩られている。元々はそれなりに端整だった顔立ちは、年相応に刻まれた皺を厚化粧で覆っているため逆にケバくなってしまっていた。

「ねえ、アナタ。お願いがあるんだけど」

「なんだい、メアリー？」

先ほどまでの形相とは一転。リアムの表情がにこやかなものになる。

「今度、キナリフから新作の指輪が出るの。買ってもいいかしら？　エメラルドグリーンがとても綺麗（きれい）で、私にとっても似合うと思うの」

「もちろんだ、メアリー。エメラルドグリーン。きっと君に似合うに違いない」

「ありがとう、リアム」

そんな会話をする二人を、ソフィアは内心冷ややかな目で見守っている。

豊作による収入増に気が大きくなりすぎ、メアリーやマリンがドレスや宝石の購入など贅沢の限りを尽くし、目を疑うような出費が重なっていることもソフィアは知っていた。

なんなら普通に赤字の月もあって、これが続くと色々と破綻しそうな気もしているソフィアだった。以前、その旨をそれとなくリアムに伝えたが、『お前のやりくりが下手だから悪い！』と一喝されてしまって以降は何も言えずにいる。

「あら、いたの」

今気づいたと言わんばかりに、メアリーがソフィアを見て言う。

ソフィアは一礼だけ返した。

「ちょうどいいわ。ソフィア、貴女、今度のパーティに着ていくドレスは決まったの？」

「パーティ……？」

「この前伝えたじゃない。王都で各国の要人を招いて交流パーティをするって。まさか、忘れたの？」

「それは……」

聞いてない、少なくとも記憶の限りでは。

おそらく、母の伝え漏れだ。

「申し訳ございません、失念しておりました」

「愚図ね。魔力に加えて記憶力もないようじゃ、良いところなしじゃない」

「返す言葉もございません」

「……まあいいわ。今回のパーティは精霊王国エルメルも初めて参加するということで、かなり大規模にやるらしいから、相応しい格好をしていきなさいよね」

「精霊王国、エルメル……」

メアリーから放たれた言葉の響きが頭に残って呟くソフィアに、リアムが侮蔑を込めて言う。

「ふん、魔力ゼロのお前に今更エドモンド家の品位を落とさぬよう、などとは言わぬが、せめて婿の一人や二人くらい捕まえてこい」

「ええ、その通りですわね」

リアムに寄りかかってから、メアリーはおおよそ母が娘に向けるものではない目をして言った。

「魔力ゼロのお前が、貴族としてこの国で暮らしていくにはそれしかないのですから」

◇

ソフィアが仕事と家事を終えて自分の部屋に戻ってこられたのは、日付も変わったド深夜だった。

大きな屋敷の端の端。

元は物置として使われていた部屋を、ギリギリ人が住めるように片付けた一室。

「……つか、れた」

埃臭くてマットも薄っぺらいベッドに、ソフィアは倒れ込んで呟く。

結局、今日は水しか口にすることができなかった。

父に書類を渡したはいいものの、すぐに新しい仕事を積まれて食事を摂る暇もなかったのだ。

まあ、万が一食事を摂れたとしても、自分のことを下に見ている料理人や使用人たちからカビの生えたパンと冷たい具なしスープを与えられるだけなので、もはやどっちでも良いという気さえするが。窓がない部屋は薄暗く、どこかドンヨリとしている。

使用人も掃除しに来ないし、ソフィアも他の家事に追われているためなかなか綺麗にできず、もはや寝るだけの部屋と化していた。

というか、妹マリンが定期的にやってきて〝遊び〟と称し部屋を散らかして去っていくので、途中から片付けるのも諦めてしまった経緯がある。

六歳の儀式の日までは父や母の部屋に近い、ちゃんとした部屋で暮らせていたが、魔力ゼロの判定が出るとすぐこの部屋に追いやられた。

両親は自分自身じゃなくて、強力な魔法を使えるかどうかだけを価値として見ていたことがあからさますぎて、ショックで何日も泣いた記憶がある。

今はもはや、なんの感情も湧いてこないけど。

「そうだ、パーティ……」

母メアリーに日程を聞いたところ、パーティの日までいくばくもなかった。

明日、明後日と時間が作れるかわからない。

まだ体力のある今のうちに決めておかないと……。

鉛のように重い身体に鞭打って起き上がり、取っ手が壊れたクローゼットを開ける。

「どれ着ていこう……」

と言ったものの、どのドレスも地味だしボロボロだし、とてもじゃないがパーティに着ていけるような物は見当たらない。パーティ用に新しいドレスをねだる、という選択肢は最初からなかった。

どうせ却下される。

まだまだ着られるでしょう、お前なんかにかける金はないと、突っぱねられる未来が目に浮かぶ。

過去に何度もあったことだ。

妹ばかり豪華なドレスを買い与えられ、自分は粗末なものを何年も使い回しさせられる始末。

でもこの理不尽は仕方がない、全ては自分が悪いから……。

「これとこれで……いいや」

ドレス選びはすぐに終わった。状態でいうと五十歩百歩なドレスの中から比較的なマシな物を……という風に、消去法で選ぶしかないから。

テンションは一ミリも上がらない。どうせ会場では皆の笑いものにされるだろう。

それもいつものことだった。薄暗い部屋の中、ひび割れた鏡にぼんやりと映る自分のやつれ果てたひどい姿を見て、ため息が漏れる。

（もう、無理……）

クローゼットを閉じて、ふらふらとベッドに舞い戻る。

今はとにかく、消耗しきった身体と心を癒やさないといけない。

「ハナコ、いる？」

呟く。すると。

『きゅいっ』

ソフィア一人しかいないはずの部屋の隅で、可愛（かわい）らしい鳴き声とぼうっと淡い光。

その光がちょこちょこと動いたかと思うと、ソフィアが横たわるベッドにひょいっとやってきた。

『きゅい！』

おかえり！

とでも言うようなひと鳴きに、ソフィアの口元に笑みが浮かぶ。

「ふふ、ただいま」

上半身を起こすソフィアに笑顔が浮かんだ。

両手にのるくらいのサイズの、もふもふとした白い毛並み。

尻尾をふりふり、小さな耳をピクピクさせて、おすわりの体勢でソフィアを見上げている。

ハナコ。それが、このもふもふにソフィアがつけた名前だった。

多分、フェンリル。

姿形は犬に似ているが、狐のような細い胴体と顔の造形からしてフェンリルだろうと思っている。

ハナコは淡い光を纏って、この世のものとは思えない存在感を放っていた。

「ハナコ、おいで」

『きゅい～』

ソフィアが両手を広げると、ハナコは嬉しそうに飛び込んでくる。

「ふわあ……癒される……」

小型犬ほどの重さ。じんわりとした温もり。

そして何より、もふもふとした毛ざわりが、ハナコが確かに存在していることの証拠であった。

——ハナコとは、六歳の魔力ゼロ事件から一年経った頃に出会った。

確か、孤独で部屋で一人泣いている時に、本当に突然この部屋に現れた。

最初ハナコは弱っているようで、纏っている光も小さかった。

迷い犬だと思ったソフィアはすぐに、ハナコを抱えて父の元に駆けた。

その時、父から言われた一言で驚愕の事実が判明する。

——お前、頭がおかしくなったのか？　どこにも犬なぞいないではないか。

なんとハナコは、父には見えなかった。

父だけではない。

母にも、妹にも、使用人も誰でさえ、ハナコを視認することができなかったのだ。最初はストレスから自分が生み出した幻かと思ったが、そうにしてはあまりにも感触や存在感がリアルすぎる。

ハナコが存在しているのは、確かな事実のようだった。

それがわかった時、ソフィアは思った。

（この子は……私が守らないと……）

自分が見放したら、この子は死んでしまう。

そう思って自分に与えられた僅かな食事から色々と餌をあげてみたけど、どれも食べてくれない。

困り果てていると、ハナコはソフィアに身を寄せて寝息を立て始めた。

色々あって疲労がたまっていたソフィアも、つられて眠ってしまう。

次の日、目覚めると。

『きゅいきゅいっ』と元気な様子で走り回るハナコがそこにいた。

どうやらハナコは、ただの寝不足だったらしい。

元気に走り回るハナコの姿を見て、ソフィアはホッと一息ついた。

以来、ハナコはソフィアのそばにいるようになった。といってもずっと傍から離れずというわけではなく、ソフィアの周りに人がいなくなったタイミングで現れることが多かった。

主に夜、この部屋で名前を呼べば出現する。

ソフィアはこの子に、昔読んだ東洋の国の本の可愛らしい女の子の名前から取って『ハナコ』と名前をつけ、それはもう可愛がった。

六歳で全ての味方がいなくなってしまい、ひとりぼっちだったソフィアの唯一の味方となってくれた。ハナコもハナコで、ソフィアにしか存在を認知されない、言うなればソフィアと同じ一人ぼっちなこともあり、お互いにシンパシーを感じていたのかもしれない。

ハナコがいたから、ソフィアは今までの数多（あまた）の辛いことを乗り越えてこられたし、性格もひん曲がることなくまっすぐに育ったと言っても過言ではないだろう。

ハナコの正体は何なのか。

フェンリルというのも大昔の神話に出てくる架空の生き物なので、おそらくであり確定ではない。

しかしそんなのは、ソフィアにとってどうでも良いことだった。

自分に唯一寄り添ってくれる、大切な親友。

それだけで、充分だった。

「聞いてよハナコ、今日、またマリンが……」

胸の中でハナコを撫（な）でながら、ソフィアは今日あった嫌なことを口にする。ハナコは相変わらず、気持ちよさそうに目を細めているが、黙ってソフィアの愚痴を聞いてくれていた。

頼れる者など一人もいないソフィアにとって、こうして愚痴に耳を傾けてくれるのはとてもありがたい存在であった。

時々『きゅいきゅい』と、顔を擦り寄せてくれるのは慰めてくれているのだろうか。

ハナコに人間の言葉がわかっているのかはわからないけれど、どっちでもよかった。

一通り愚痴を吐き終えた後、ソフィアは言う。

「そういえば今度のパーティ、精霊王国の人が来るんだって」

不意に、ハナコの細かった目が僅かに見開かれた。

しかしソフィアはハナコをもふるのに夢中で、その変化に気づかない。

「精霊王国には人間じゃない、色々な精霊がいるって聞いたけど……どんな精霊が来るのかなー、ちょっぴり楽しみかも」

先ほどとは打って変わってのんびりとしたソフィアの声だけが、薄暗い部屋に響き渡っていた。

パーティ当日。

領地から馬車を乗り継いで、ソフィアは王都までやってきた。

会場は王都の中でも一際存在感を放つ王城の、一番広くて煌びやかなホール。

ソェルミ王国の重鎮たちはもちろん、各国の要人たちも多く参加しており物すごい活気であった。

そんな中ひとり、場の雰囲気に似つかわしくないテンションのソフィア。

「……はあ」

大きなため息が漏れるのも無理はなかった。

「ねえ、見てよエドモンド家のご令嬢」

「ソフィア様でしょう？　あの魔力ゼロの」

「そうそう！　無能のくせに衆目の前に顔を出せるなんて、恥ずかしくないのかしら」

「ドレスも地味だし、ほんと、何しに来たって感じ」

歩くたびに、他の令嬢たちからそんな言葉が耳に入ってくる。

わざと聞こえるような声で言っているのは明白だった。

当然、ソフィアに話しかける者は誰もいない。由緒正しき魔法師家系のエドモンド家で、魔力ゼロを出した無能が誕生した事件は、社交界ではあまりにも有名だ。

自分の敵味方を決めるべく、時には手を交わし時には牽制し合う社交界において、一族の落ちこぼれであるソフィアと仲良くしようなどと考える物好きは存在しなかった。

それに比べ……。

「マリン様！　そのドレスの刺繍、とっても可愛らしいです！　どこでお求めいに？」

「ふふふ、お目が高いですわね。こちらはシノルンのお店で仕立ててもらった、特注品ですわ」

「まあ、シノルンというと王都で一番と名高いブランドですよね！　さすがマリン様です！」

自分とは違って、マリンの周りには人だかりができていた。

豪華なドレス、自信に満ちた表情、堂々とした振る舞い。

どれもソフィアが持っていないものだ。

幼い頃から魔法の才があると証明され、魔法学校でも成績はトップ。

将来的に国を背負う魔法師になるだろうとの期待を一身に受けて育ったマリンと仲良くなりたいと思う者が多いのは至極当然だった。

そのうちマリンの元には令嬢だけでなく、何人もの子息も集まってくる。

国の中でもトップクラスの容貌、地位、名誉を持つ美丈夫たちがこぞってマリンにお近づきになろうとする光景は、もう何度見たかわからない。

もはや羨ましさなんてなかった。

あるのはただただ虚な無力感、絶望感。

そして、むなしさ。

母には結婚相手を……などと言われたが、この様子だと婚姻の話なぞ夢のまた夢だろう。

（早く帰りたい……）

帰ったら帰ったで、母にどやされるのは目に見えているけど。この、いるだけで惨めな気持ちしか生まない、自分の居場所がない会場から一刻も早く立ち去りたかった。

だが、そういうわけにもいかない。

（終わるまで、隅っこでおとなしくしていよう）

ソフィアはそう決め、誰とも目を合わさぬよう俯（うつむ）きどこかへ行こうとした時。

「お、おい……見ろよ、あれ……!!」

「あれが、精霊王国の……」

そんな言葉が聞こえてきて、ふと顔を上げる。

ざわざわと皆が指さす方向に目線をやると――。

「わあ……」

思わずソフィアは声を漏らした。

そして、瞬時に理解した。

あの二人が、精霊王国からやってきた人物なのだろうと。

あまりにも人間離れした容貌を持つ二人だったから。

（綺麗……）

そんな印象を抱いた一人は女性。

この世のものとは思えないほど整った顔立ち、優しそうなブルーの瞳。

背中まで伸ばした長髪は透き通るような水色できらきらと煌めいている。

スラリとした体軀は国内では見たことのない神官服のようなドレスに包まれていた。

そんな女性の隣を付き添うように歩いている男性は……。

（な、なんだか、怖そう……）

ソフィアはそんな印象を抱いた。

男性の方も顔立ちは恐ろしいほど整っており、どことなく知性を感じさせる雰囲気を纏っているが、頭の両側から生えた立派なツノと微(かす)かに鋭利な耳が同じ人族ではないことを物語っている。
長めに切り揃えた髪は白い。
体つきはがっしりしているが筋骨隆々というよりも引き締まっているように見えた。
女性とは対照的に強い光が宿った瞳が、周囲を警戒するように見回している。
――その視線が、不意にソフィアを捉えた。
（……え）
目が合った、というのが瞬時にわかるほどの眼力。
心臓を摑まれたような感じがして思わず、ソフィアはきょろきょろしてしまう。
その間に男性は、女性に何かを耳打ちした。
すると女性の方もソフィアの方を見て、驚いたような表情をする。
（な、なに……？）
何か、やらかしてしまっただろうか。
おろおろするソフィアの元に、二人は迷いのない足取りでやってきた。
「え、えっ……？」
ソフィアの周りから人が引いて、三人だけの空間ができる。
「お、おい、見ろよ……」
「なんで精霊王国の人が、エドモンド家の落ちこぼれに……？」
どよめく周りに構わず、男性の方が一歩踏み出してきた。

「あ、あの……？」

ソフィアよりも頭一個分は高い位置から、男性はこんな問いを投げかけた。

「そのフェンリルは、君の精霊か？」

その問いに、ソフィアは今度こそ心臓が止まるかと思った。

「え……えと……」

フェンリル。精霊。

目の前の男性の口から出たワードから連想するに、ハナコのことを言っているのだろうか？

（でもハナコは、ここにいないはず……）

『きゅいっ』

「えっ……!?」

もふもふそうな毛並み、可愛らしい鳴き声。

どこからともなく、フェンリルのハナコが出現してソフィアの肩にぴょんっと乗った。

驚きわたわたするソフィアに、男性は合点がいったように頷く。

「聞くまでもない、か」

「ハナコが……見えるのですか？」

「……ハナコ？」

男性が訝しげに眉を寄せる。

何言ってんだこいつ、とでも言いたげな表情だ。

（な、何か、変なことを言ってしまったかしら……？）

困惑するソフィアに構わず、続けて男性が尋ねる。

「君、名前は？」

「ソフィア……ソフィア・エドモンドと申します」

そう告げて、淑女の礼をするソフィア。

「そうか、君が……」

男性が意味深げに呟く。

隣にいた女性の目に憐憫の情が浮かんだのに、ソフィアは気づかなかった。

「アランだ。精霊王国の竜神であり、軍務大臣を務めている」

さらりとアランが言った途端、場がどよめいた。

「お、おい……さっき竜神って言ったか？」

「精霊王国の守り神って噂の……実在していたのか……？」

何やらとんでもない人を目の前にしているらしい。

ソフィアの背中にピンと張り詰めたような緊張が走った。

「家名はない。強いて補足するならば……」

瞬間、男性――アランの身体が淡い光に包まれた。

おお、と周りからどよめきが起き、収まったかと思えば――。

ひいっと、どこからか悲鳴が聞こえた。

身体の大きさは変わっていないが、ビジュアルが完全に人間から遠く離れていた。

顔の骨格は狐のようにスマートで、黄色い双眸（そうぼう）がぎろりと光っている。

身体全体を覆う白い鱗（うろこ）はゴツゴツしており触ると硬そうだ。

背中には大きな翼、腰からは大きな尻尾がにょろりと伸びている。

この風貌の生物を、ソフィアは知っていた。

「見ての通り、竜人だ」

アランが言う。

対して、ソフィアは目の前の光景にぽかんとしていた。

「……っと、すまない。急に変化（へんげ）を解いてしまって、驚かせてしまったか」

「か……かっこいい……」

「は？」

ソフィアが思わず呟いた感想に、アランは素っ頓狂な声を漏らす。

「とても、かっこいい、ですっ……」

「……変わっているな、君は」

驚くことも怯（おび）えることもなく、キラキラと瞳を輝かせるソフィアにアランは居心地悪げに呟いた。

もはや隠すまでもないが、ソフィアは大の生き物好きである。

犬や猫といったもふもふはもちろんのこと、虫や甲殻類、大型動物、ドラゴンやケルベロスといった希少種に至るまで守備範囲は広い。

子どもの頃は、たくさんの動物を記した図鑑をよく読んでいたものだ。

なんなら今も時間がある時に眺めている。

……現実世界で人間に冷たくされっぱなしだったから、人並み以上に動物が好きになったというのが正しいかもしれないが。

そんな一連の流れを、ソフィアの肩に乗ったハナコはどこか楽しげに眺めていた。

「こら、アラン。人間の国にいる時は人型でいなさいと言ったでしょう」

女性がアランを窘（たしな）めるように言う。

「申し訳ございません、シエル様。百聞は一見にしかず、と思いまして」

「確かに、判断としては間違ってはいないわ。ただ、次からは時と場所を選んでね」

「かしこまりました」

アランが頭を下げる。

すると再びアランの体が光に包まれ、たちまちのうちに元の人型に戻った。

「ごめんなさいね。私もアランもこの国に来たばかりで、まだ何かと不自由な部分があるの。無礼を許してくれると嬉しいわ」

「い、いいえ、とんでもございません。えっと……」

「自己紹介がまだだったわね」

女性はそう言うと、胸に片手を当てて言った。

「精霊王国エルメルの女王、シエルと申します。よろしくね、ソフィアちゃん」

「じょ、女王様……!?」

ソフィアの驚声は、場のざわめきによってかき消された。

精霊王国はこの何百年、ずっと鎖国状態だった。

よって誰も、その長を知らない。

今この瞬間、ソフィアの目の前にいる人物が精霊王国の長と明かされて、会場は大騒ぎとなった。

アランの軍務大臣という立場も衝撃を与えたが、女王となると段違いだった。

「シエル陛下！」

ざわめきの中からすかさずマリンがやってきて、ソフィアの前に遮るように立つ。

普通だと位の高い者が先陣を切る場面だろうが、シエルが話している相手が身内の姉だったのもあってこれはチャンスと抜け駆けてきたのだろう。

「あら、貴女は？」

「はい！　わたくし、マリン・エドモンドと申しまして、こちらのソフィア姉様の妹でございます」

「まあ、そうなのですね。確かに、可愛らしい目鼻立ちがそっくりです」

シエルの言葉に、マリンの表情がピシリと止まる。

自分が見下している姉と目鼻立ちがそっくりと言われたことが、マリン的にムッときた。

当然、シエルに悪意はない。マリンの高すぎるプライドが原因である。

しかし相手は国の女王様。そんな感情を出すわけにはいかないと堪える。

「そ、そんなことより、シエル様！　私とお話しいたしませんか？　お姉様のような落ちこぼれとお話しするより、よっぽど有益かと思いますの！」

「落ちこぼれ？　この子がか？」

マリンの発言に、アランが反応する。

「ええ！　お姉様は我が魔法国家にて、魔力ゼロを出した落ちこぼれですの。高名な魔法師を数多く輩出してきた我がエドモンド家の面汚しとして、国中から笑いものにされましたわ」

マリンの言葉に、ソフィアは俯く。全て事実だ、なんの反論もできない。

「それと比べて私は、魔法学校を首席で卒業しました。この先のフェルミを背負っていく逸材ですの！」

堂々と胸を張って自己アピールをするマリン。

マリンとしては、事実無能と言われている姉を下げることによって自分を大きく見せたつもりなのだろう。実際、この国の貴族社会においては魔法の才の有無がそのまま評価に直結する。才があれば褒め称えられ、持ち上げられ、なければ蔑まれ、罵倒され続ける。

そんな風潮が普通だったため、自分の姉をここまで下げた風に言うのはなんら違和感を持っていないマリンだった。

しかし他国からやってきたシエルとアランには、違和感でしかなかった。

二人とも『何を言っているのだろう、この子は』とでもいう風な顔をしている。

実の姉をナチュラルに蔑む点もそうだし、何よりも……。

「ねえアラン、ちょっと」

「はい」

不意にシエルが、アランに何かを耳打ちした。

「……はい、自分もそう思います」

「やっぱり、貴方もそう思うわよね。そこで、提案なんだけど……」

シエルの追加の耳打ちに、アランが目を見開いた。

「シエル様、本気で言ってます？」

「私が冗談を言うとでも？」

にっこりと柔和な笑みを浮かべるシエルに、アランは言葉を返せない。

しばし無言のち、アランはため息をついてマリンに言う。

「マリン嬢、すまないが、お姉さんと少しお話をさせてくれないか？」

「な、何故ですの？　お姉様よりも、私と……」

「大事な話があるんだ」

有無を言わせない声。

国は違えどアランの地位は軍務大臣という、いち伯爵家からすると雲の上のような地位の者だ。

ここでごねたら下手(へた)したら国際問題沙汰。

それは避けなければいけないと、さすがのマリンでもわかった。

「…………………わかりました」

たっぷりと時間をかけて、すごすごと引き下がるマリン。

その表情は悔しさに歪んでいる。

自分よりも出来損ないの姉を優先されたことに、高いプライドが傷つけられたのだろう。

良い気味だ、などと思えるほどソフィアは曲がっていない。

(大事な話とは……？)とただ困惑するばかりであった。

「時にソフィア嬢……つかぬことをお聞きするが」

「は、はい」

「貴女に婚約者はいるか？」

「婚約者ですか？　おりませんけど……」

「そうか、なら……」

一歩踏み出して、跪き。ソフィアを見上げて、アランは言った。

「俺と、婚約してほしい」

瞬間、爆発魔法が弾(はじ)けたように会場が騒然となったのは言うまでもない。

第二章　精霊王国へ

「……はあ」

フェルミ王国辺境付近を走行中の馬車に揺られながら、ソフィアはもう何度目かわからないため息をついた。

この数日間のバタバタで、ただでさえ濃かったクマがいっそう色濃くなってしまっている。

ここまでの騒ぎの元凶は全て、例の婚約申込み騒動を起因とする。

一週間前、ソフィアは妖精王国エルメルの竜神様にして軍務大臣、アランに求婚された。

その時の会場の騒然たるや言うまでもない。

ソフィアの立場を知る貴族の諸兄らは皆ひっくり返らんばかりに度肝を抜かれたし、パーティどころではなくなった。

ちなみにマリンは卒倒し、そのままどこかに運ばれて帰ってこなかった。

……少しだけ胸がスッとしたのはここだけの秘密である。

幸い、わが国の王様の鶴（つる）の一声で予定していたパーティはつつがなく進行したが、その間ソフィアの胸中は穏やかではなかった。

あの長く鎖国状態だった精霊王国エルメルの重鎮が、魔法王国フェルミきっての落ちこぼれたるソフィアに求婚したともなると、その注目度は想像するに難くない。

パーティ中、本当に出血するんじゃないかと思うほどの数の視線が次々に突き刺さって大変だった。もう、何度帰りたいと思ったことか。

「騒ぎを起こしてすまない、詳細はまた」と、アランはシエルと一緒に各国の重鎮との交流に戻ってしまったし。

パーティが終わるまでソフィアは一人でじっと、そこらへんの壁になったつもりで気配を殺しやり過ごしていたのである。

しかし大変なのはその後だった。

求婚なんて冗談じゃないだろうかと思っていたが、どうやら先方は本気のようだった。

翌日すぐに、婚姻に関する書類と共に支度金と称して多額の資金を提供する旨の誓約書が屋敷に届いた。

その時の両親の掌返しの見事さたるや、一生忘れることはないだろう。

父曰く、無能のお前もようやく役に立ったか。

母曰く、一国の軍務大臣様に嫁ぐだなんて、なんと誉高いわ。

正直、吐き気がした。

両親はやはり、自分を家に利益をもたらすかどうかでしか見てなかったのだと。

そこはかとなく悲しい気持ちになったが、ハナコに慰めてもらった。

嫌なことも悲しいことも、ハナコのもふもふにかかれば万事解決である。

ちなみにマリンはというと、人間のもらい手がなくて竜とだなんてお似合いねお姉様、うっきゃっきゃとよくわからない上から目線を炸裂させていた。

嫁ぎ先の相手の位が超高いとか、家に莫大な利益をもたらしたとか、自分にとって都合の悪い事実は見なかったことにしたようだった。

ちなみに、そもそもの話になるが。

国家間の交流パーティで一国の大臣クラスが他国の令嬢に求婚など前代未聞（普通に国際問題になりそう）だが、お国柄の違いとして許容されたらしい。

そもそもフェルミとしては、魔法の使えないソフィアになぞなんらの存在価値もないから、どうぞ好きに持っていってください、というスタンスのようだった。

とまあ、纏めると。

ソフィアは国にも家族にも、半ば売られるような形でエルメルに嫁ぐことになったのである。

「これから、どうなるんだろう……」

延々と続く草原を馬車窓から眺めながら、呟く。

ボロ雑巾のようにこき使われ地獄のような日々を送っていた実家からは距離を置くことができた。

その解放感はある、が。エルメルに嫁いでからの新生活に対する不安の方が大きかった。

何しろエルメルに関する情報の持ち合わせは皆無と言って良い。

向こうに人間はいるのか、もしかして国民全員が人間ではない、のだろうか。

ちゃんと人間らしい生活ができるのだろうか。

そもそもアランという人物はどんな人なんだろう。

もしかして、怖い人なんじゃ……。

実家よりもっとひどい扱いを受けたら……。

『きゅいっ』

不安に表情を曇らせていると、ハナコがひゅっと現れひと鳴きした。

「心配してくれるの？」

『きゅきゅいっ』

「ふふ、ありがとう」

すりすりと顔に身を寄せてくるハナコのもふもふを堪能していたら、自然と笑みがこぼれてきた。

（大丈夫、私にはハナコがいる……）

もふもふと一緒なら、きっとどんな苦労でも乗り越えていける。

そう、ソフィアは思うのであった。

――そのフェンリルは、君の精霊か？

この数日のゴタゴタのせいで、あのパーティでアランが言っていた言葉は完全にソフィアの頭からすっぽ抜けていた。

◇◇

空気がとても澄んでいる。風がとても気持ちいい。

馬車から降りてから、ソフィアは思わず目を閉じた。閉じている間に、実家から持ってきた二つのトランクをさっさと外に放り出された後、馬車はさっさと引き返してしまった。

なんとも淡白な見送りである。ここは、国の外れのとある丘の上。

国境の山脈が見渡せて、視界はとても開けていた。

「遠路はるばるありがとうございました」

先に待っていたシエルが言う。

彼女はパーティの時と同じ、神官のようなドレスを着ていた。

相変わらず、この世に存在しているのか疑わしいほどの美貌だった。

女王に相応しいオーラにとてつもない圧を感じたソフィアがおずおずと頭を下げる。

「よ、よろしくお願いいたします……」

「そんなにかしこまらなくていいわ。これからソフィアちゃんは私たちの国の一員になるんですもの。仲良くしましょうね」

にこりと笑って握手を求めてくるシエル。

普通、一国の王がただの貴族令嬢にこんなにもフランクに接するなどあり得ないことだが、これもお国柄の違いだろうか。おどおど恐縮しながら、その手を取る。

シエルの細くて美しい手を、自分のボロボロの手で握るのはひどく罪悪感が湧いた。

そんなソフィアの内心とは裏腹に、シエルの手はひんやり冷たくて気持ち良くて、思わず口元を緩ませてしまう。

「ハナコちゃんも、よろしくね」

『きゅきゅーい』

ハナコもシエルに好感を持っているのか、嬉しそうに鳴いた。

……シエルがハナコの名前を口にする前に、少しおかしそうに笑ったように見えたのは気のせいだろうか。

「荷物はそれだけか」

シエルのそばに控えていたアランが、ソフィアの私物の全てである大きなトランク二つを見て言う。アランの姿もパーティで見たのと同じ、人間の容貌をしていた。

「あ、はい、これで全部です」

こちらも相変わらず、社交界にいたら求婚の手紙が止まないほどの美丈夫である。

「少ないな」

「あはは……意外とこのくらいに収まりました」

無理もない。普通、嫁入りとなればトランクなぞには収まりきらないほどの荷物がある。

しかし、私物なぞロクに買い与えられなかったソフィアの荷物はなんとも寂しい量に収まっていた。アランは一瞬、眉を顰めたが。

「もらおう」

そう言って、アランがトランク二つを手に取った。

「そ、そんな、悪いです！　私が運びますっ……」

「そんな大きな荷物を運ばせるわけにもいかんだろう。それに……」

じっと、ソフィアの目元のクマを見てアランは言う。

「随分と疲れているようだからな、無理はさせたくない」

その言葉に、ソフィアの胸がきゅうっと締まった。

さりげない気遣いもそうだが、何よりもこの人は自分の身を案じてくれている。

（優しい人……なのかな……）

そもそも人じゃないのでは、という話はさておき。

アランに対して、ソフィアはそんな印象を抱いた。

「やればできるじゃない、アラン」

「契約とはいえ、妻となるお方ですので」

「契約……？」

なんだか聞き覚えのないワードに、ソフィアは首を傾(かし)げる。

シエルは、人の警戒心を解かすような笑みを浮かべて言う。

「そのあたりの話は我が国に到着してから話しましょう。さあ、出発するわよ」

「出発って……」

辺りを見回しても、馬車など移動できる手段は一つも見当たらない。

「まさか、この山脈を越えるのですか……？」

果てしなく続く山脈を見渡して、ソフィアはさーっと血の気が引いた。

人並みに体力には自信があるが、何度も山越えするとなると話が変わってくる。

とてもじゃないが走破し切れる自信がない。

精霊王国に着く前にソフィアが幽霊になってしまうかもしれない。

そもそも、今日は長距離を歩くような履き物で来ていな……。

「俺の背中に乗って帰る」

「え、背中……？」

アランの言葉に素っ頓狂な声を漏らすと。

「あら、言ってなかったかしら？」

瞬間、アランの身体が眩く光を発した。

思わず目を閉じてしまうほどの光。

この光は、似ている。

ハナコが放つ光に——。

「わわわっ……!!」

目を開けて、ソフィアは思わず声を上げた。

『きゅきゅきゅい!!』

ハナコは目を輝かせ、興奮したように鳴いている。

目の前に人型のアランはいなかった。

恐る恐る首を上げる。

そうでもしないと、本来の姿のアランを視界に収めることができなかった。

どどどーん！

と、効果音がつきそうなほど巨大な体軀は建物の五階建ての高さはあるかもしれない。

身体を彩るのは雪のように美しい白。

一つ一つが両手を広げたくらいのサイズの鱗がびっしりと全身を覆っている。

煌めく眼光、鋭く光る爪、牙、ひとなぎで建物を吹き飛ばせそうな尻尾。

そして、大空を翔（かけ）ることを約束された大きな大きな翼。

このシルエットの生物を、ソフィアは知識で知っていた。

「竜神アランは、我が国の軍務大臣にして最大兵力……白竜よ」

あまりにも逞（たくま）しい婚約者様の姿に、ソフィアはシエルの説明も耳に入らず呆然（ぼうぜん）とするのであった。

◇◇

『空を飛びたい』

それは、人であれば誰しも一度は抱いた夢だろう。ソフィアも漏れなくそんな夢を抱いていたが、まさか生きている間に叶うとは思ってもいなかった。

「わあああああああああっ……‼」

雲に届きそうなほどの高さを飛行する、婚約者アランにして巨大な白竜の背の上。

人生初めてとなる空からの景色に、ソフィアは興奮しっぱなしだった。

青い空、煌めく太陽、流れゆく白い雲。

全身を包み込む風は涼しく心地いい。

まともに歩いたら走破に何週間もかかるであろう山脈が、眼下でものすごいスピードで流れていく。

その爽快感たるや、言葉に言い表せないほどだった。

ちなみに今、アランの背中に乗っているソフィアとシエル、そしてハナコは精霊魔法で風の加護とやらを施されている。この精霊魔法をかけずにアランに乗って飛行したら、たちまち強風で吹き飛ばされてしまうとのことだ。

精霊魔法は知識でしか存在を知らなかったが、フェルミの魔法でいうところの身体強化に近いものなのだろうとソフィアは考える。

「空の旅はどう、ソフィアちゃん？」

後ろで優雅に紅茶を嗜むシエルが尋ねてくる。

「す、すごいです……‼　私、空を飛んでいます！」

「ふふ、気に入ってくれたようで何よりだわ」

庭先ではしゃぐ子どもを微笑ましく眺めるような笑顔をシエルは浮かべた。

『きゅいきゅい!!』

ハナコも空を飛ぶのは初めてなのか、出発してからソフィアの肩から下りてアランの背中をせわしなく走り回っていた。

落ちないのかと心配になるが、風の加護を受けているから大丈夫とのこと。

「私、知らなかったです！　世界がこんなにも広いだなんて……!!」

無能の烙印を押されてから外聞を気にした両親は、ソフィアが人前に出ることを原則として禁じていた。なので今までずっと、屋敷の狭い部屋の中に押し込まれて育ってきた。

毎日同じ光景、代わり映えのない日常、無機質な世界。

今、目の前に広がる光景は、そんな窮屈な世界から飛び出した象徴のように思えて、ソフィアの胸の中を例えようのない解放感で満たした。

清々しかった。

気持ちよかった。

そして何よりも、楽しかった。

こんなにも楽しいと思えたのはいつぶりだろうか。

たとえ、この先に待ち受ける運命が辛いものだとしても。

こんなにも素晴らしい光景を見せてくれたアランには感謝したいと思った。

「ありがとうございます、アラン様」

『何に対する礼だ？』

アランの声が頭に直接響くように聞こえてきてびっくりするソフィア。

「わわっ、聞こえてらっしゃったんですね」

『白竜だからな、当然だ』

ものすごい聴力をしてらっしゃる。

『それで、何に対する礼だ？』

「私に自由を見せてくれたことに対してですよ」

『ふむ……？　よくわからんが、どういたしまして？』

そんな二人のやりとりを、シエルはうんうんと頷きながら眺めていた。

——どれくらい時間が経っただろうか。

山脈を、街を、川を、山を、海を、街を。

いくつもの土地を越え、最後に長い長い山脈を越えた先に現れた広い平野部。

「見えてきたわ」

一面に広がる白い建物、木々の緑、奥の海に繋がる幾本もの川。

そして何よりも目を引くのは、視界に収まりきらないほど大きな大きな樹。

世界樹、という単語がソフィアの頭に浮かぶ。

今まで見てきたどんな木よりも大きくて逞しくて、美しい樹だと思った。

「エルメルの首都、セフィロトよ」

「ここが……」

これから、自分が生きていく場所。

自然と調和したどこまでも広がる街を見て、綺麗だな、とソフィアは思った。

「案外、人間の街に近いんですね」

アフンが高度を下げたことにより、街の細かい部分まで見ることができたソフィアが言う。

「エルメルにはたくさんの種族が暮らしているけど、人型の住民も多いから何かと都合がいいの。建造物は主に人族とドワーフが協力して作っているから、住み心地はお墨付きよ」

「あ、同じ人間もいらっしゃるんですね」

「ええ、元々エルメルは様々な種族が共存していた国だったから、その子孫の人たちね。他種族とのハーフが多数だと思うけど、純人族もいるはずよ」

「なるほど」

そう聞いて、少しだけホッとするソフィアだった。

人族が自分一人で、生活様式などが全くの別物だったらどうしよう、という不安もあったから。

「あれがこの国にたくさんの恵みを与えてくださっている、樹齢一億年の世界樹『ユグドラ』。エルメルの象徴にして心臓といっても過言ではないわ」

「じゅ、じゅれいいちおくねんっ……？」

子どもが考えた物語の設定みたいな年数にソフィアは度肝を抜く。普通に考えて木がそんな長く持つわけがないが、これだけ巨大な樹木だとありえなくもない、いやいやあり得ない……。

何か精霊の力的なもので保持されているのだろうと、最終的には飲み込んだ。

なんか全体的にキラキラしているし。

人間の国で暮らしていた常識はここでは通用しない、という事実を思い知ったような気がした。

「見えてきた！　あれが、エルメルの王城よ」

そう言ってシエルが指差す先に、世界樹『ユグドラ』のちょうど真正面の根元に聳(そび)える巨大な城。

「綺麗……」

お伽(とぎ)の国に出てくるような、白くて美しい城だった。

間もなくして、その王城の敷地内に着陸する。

ソフィア、シエル、ハナコが降りてから、アランも元の人間の姿に戻った。

「長旅お疲れ様、アラン」

「はっ……」

シエルの言葉に、アランは一礼する。

「ありがとうございました、アラン様」

「どうってことはない。それよりも、身体の方は大丈夫か？　初めて飛行した者の中で、酔ってしまう者も少なくない」

「大丈夫です。むしろ、とても清々しい気分です。お気遣い、ありがとうございます」

「そうか。ところで……」

アランがハナコを見やる。

「君の精霊の様子が何やらおかしいようだが」

「え？」

ソフィアが首を傾げた途端、ハナコが『きゅいっっ――――!!』と悲鳴にも似た声を上げた。

それからすぐ、身体が青白く眩い光を放ち始める。

「ど、どうしたのハナコ……!?」

慌てて尋ねるも、ハナコは『きゅいー！　きゅいー！』と声を上げるばかり。

こんなこと今までなかった。

突然やってきた親友の異常事態に狼狽えるソフィア。

しかしこの現象には見覚えがあった。

つい先ほど、エルメルに来る前。

あの丘で、アランが人型から白竜の姿に変化する時に放った光と同じ……。

『ここどこ!?　ここどこ!?　僕、なんだかとっても懐かしい感じがするよ！』

ソフィア、アラン、シエルの誰でもない声が場に登場する。

少年にも似た、少し高めの幼い声。

「ハ、ハナコ……!?」

ソフィアは驚愕した。先ほどまでの小型犬サイズのハナコはもういなかった。

体長がソフィアの三倍もあろうかというサイズの、立派な大狼（おおおおかみ）がそこにいた。

『あれ？　ご主人様、なんだかちっちゃくなった？』

大狼（たぶんハナコ）が、ソフィアを見下ろして言う。

「ハ、ハリコが進化した……？」

『シンカ？　よくわからないけど、なんだか身体がとても軽いよ！』

わっふんわっふんと、ハナコがゴロゴロと転がったり、ソフィアの周りをクルクル回ったりする。

この無邪気な挙動、間違いなくハナコだ。

「あらあら、立派なフェンリルちゃんね」

シエルは臆する様子もなく、ハナコを眺めて呑気（のんき）に言う。

「アランさん、これは一体……」

「ここら一帯は精霊力が満ち溢れているからな。その力を取り込んで、本来の姿を取り戻したのだろう」

「精霊としての本来の姿……あっ……」

——そのフェンリルは、君の精霊か？

ようやく、ソフィアはアランに言われた言葉を思い出し合点がいった。

「ハナコは、精霊だった……？」

自分にしか見えない、フェンリルの存在。

日頃のストレスが生み出した夢幻か何かだと思っていたが、どうやら精霊だったらしい。

薄々そんな気がしないでもないと思っていたが、いざ客観的な事実を前にすると驚きが勝った。

「なんだ、既知だと思っていた。ちなみに、〝ハナコ〟という名前は、東洋の国の女性につけるオーソドックスなものと記憶しているのだが」

通りすがりの蝶々を無邪気に追いかけるハナコを見て、アランは言った。

「ハナコはオスだぞ」

「え？」

「……まさかそれも知らなかったのか？」

また、思い出す。

あのパーティでの、アランとの一幕。

『ハナコが……見えるのですか？』

『……ハナコ？』

あの時アランは、『何言ってんだこいつ』とでも言いたげな表情をしていた。つまりあのリアクションは、『オスのフェンリルに何故メスの名前をつけているのか』というもので……。

「えええええええええええええええええ……!?」

ソフィアは先ほどのハナコの絶叫にも負けない大声を上げたのであった。

◇◇

ハナコが精霊でオスだったという新事実にびっくり仰天している暇もなく、ソフィアは王城の一室に通された。その部屋は応接間のような造りをしていて、天井からぶら下がっているシャンデリアがとても豪華で印象的だった。

部屋中央のソファへ座るよう促され腰掛けようとすると、ハナコが先にもふっと割り込んできた。

「ハナコ、今から大事な話があるから、少しの間いい子にしていてね」

『はーい』

ソフィアの隣に寝転ぶハナコ。

お腹（なか）を撫でてあげると、ハナコは気持ちよさそうに喉を鳴らした。

（ああ……もふもふがこんなに大きく……）

ソフィアの頬がだらしなく緩んでしまっている間に、アランとシエルが腰掛ける。

「まずは、このような婚約の運びとなったことをお詫（わ）びさせてください」

開口一番、シエルがそう言って頭を下げた。

「先週のパーティでの婚約の申し出から今日に至るまで、余裕のないスケジュールのなか多大なる苦労をおかけしたかと存じます。全てはこの私の責任です、申し訳ありませんでした」

「え、えと……」

一国の長からかしこまった詫びを受け、ソフィアはわかりやすくオロオロする。

「あ、頭をお上げください。確かにちょっぴりバタバタはしましたけど、結果的に申し出を受けたのは私自身ですし……むしろ、お二人のおかげで無事に着くことができて、私の方こそ感謝しております、ありがとうございました……言葉が纏まってなくて、申し訳ないのですが」

「いえいえ、そう仰っていただけると助かります」

一区切りして、シエルは大仰に言った。

「それでは改めて、ようこそ妖精王国エルメルへ！　私たちは貴女を歓迎するわ」

シエルの表情に笑顔が戻ったことで、ソフィアもホッと安堵の息をつく。

「前段は済みましたか、シエル様」

「もう、せっかくバシッと決まったのに。水を差すようなことを言うわね、アラン」

「むしろ早く本題に入った方が良いでしょう、ソフィア嬢もお疲れでしょうし」

「それじゃあ、あとの説明はよろしくお願いね、アラン」

「丸投げですか……」

息をついてから、アランはソフィアに向き直り口を開く。

「単刀直入に言うと、此度の婚約は契約結婚の形式にしようと考えている」

「契約結婚、ですか……？」

確か先ほどもちらりと聞いたが、ソフィアはその言葉の意図を飲み込めていない。

「そうだ。さすがに察しているとは思うが……此度の婚約は、俺がパーティで君に一目惚れをして、情熱的な恋心が芽生え、国境を跨いだ結婚を……などという、ロマンティックなものではない」

「それは……そうですよね、そうだと思います」

さすがのソフィアもそこまで頭の中お花畑ではない。

自分自身に異性に好かれるような魅力があるとは毛頭思っていないし。

なんなら目の前で、アランがシエルと何やらヒソヒソと話をしていた。国を背負う立場であるこの二人が、あの一瞬の間に婚約という意思決定を下したのは少し考えればわかることだった。

……心のどこかにほんのちょっぴり、そうだったらいいなという甘い考えがあったことはすぐに忘れよう。

「では、この婚約の意図は一体なんなのです？」

単純な疑問を投げかけると、アランは少し黙考してから口を開く。

「……番の理由は、そうだな……」

じっとソフィアを見据えて、アランは言った。

「君の持つ、膨大な『精霊力』だ」

「精霊、力……？」

耳馴染みのない単語に、ソフィアは再び首を傾げた。

◇

この世界には魔力と呼ばれる力が存在する。

魔力は主に人間の体内で生成され、人によってその量は異なる。魔力を使えば炎や水、風など人智（じんち）を超えた現象を発現させることができ、それを人々は『魔法』と呼んだ。

というのが、ソフィアが認識している魔法の概念だったが……。

「精霊力、という力もあるの。もっとも、ソフィアちゃんの国にいる精霊はごく僅かだろうから、存在自体ほとんど認知されていないと思うけど」

この部分はシエルが説明してくれた。

体内で生成される魔力とは異なり、空気中に存在する精霊の力を借りて人智を超えた現象を発現させる力……それが、精霊力らしい。

「ソフィアちゃんは、精霊力がとても高いの。でも、精霊がいないフェルミでは、精霊力が高くても頼れる精霊もいないし、頼るノウハウもないから、宝の持ち腐れだったってわけね」

「ちょっと待ってください、ちょっと待ってください」

一旦、頭を整理する。

「えっと、つまり私は……フェルミの人たちが持ってる力とは、別の力を持っていた、ということですか？」

「そういうこと」

「……すみません、実感が湧かないです」

「そのフェンリルちゃん」

『ん？　僕？』

ハナコの声で、ハッとする。

「精霊力がない人間には、そもそも精霊が見えないの。そのフェンリルちゃんが見えていた人、ソフィアちゃんの他に誰かいた？」

「……いいえ」

一人もいなかった。他の人には見えない存在が、ソフィアだけに見えていた。

魔力とは違う、自身の持つ異質な力が急に存在感を増した。

それと同時に、様々な疑問が湧いてくる。

何故、自分にそんな力があるのか。

何故、ハナコは自分の元を訪れたのか。

というか、何故ハナコは巨大化した……？

それら一つ一つを知りたいと思ったが、次はアランが話を始めた。

「精霊力が高い者は言い換えると、精霊に好かれやすい者でもあるし、精霊に様々な恩恵を与える者でもある。いわば精霊たちに愛されている、と言っていい」

「愛されている……」

ハナコの今までの行動を思い返す。

確かに、彼の自分に向ける感情はいつも好意的で、無償の愛のように思えた。

「この国のインフラや治安、国防などは、精霊たちの力によって回っている。つまり精霊力が高い者がいればいるほど、精霊たちから様々な恩恵を受けられる。つまり君は、わが精霊王国にとって非常に有益な存在なのだ」

「なるほど……」

ようやく合点がいった。

つまり自分は、エルメルにとって利用価値があるから連れてこられた、ということで。

そこに愛情はない故に、契約結婚なのだろう。

字面だけ見るとなんだか薄情な印象も受けるが、不思議と嫌な気はしなかった。

むしろ、安心感さえ覚えていた。

ソフィア自身、自分が誰かに愛されるような人間とは思っていない。

だからこうして、目に見える利害関係がある方がソフィアとしてはすんなり受け入れることができる。と思っていたが、シエルは違うようだった。

「ちょっとアラン。もうちょっと言い方ってものがあるんじゃない？　その表現だと、ソフィアちゃんに利用価値があるから体（てい）の良い婚約を持ち出して連れてきました、って言ってるようなものよ？」

「……申し訳ない、言葉足らずだった」

「ごめんね、ソフィアちゃん。アランは竜族というのもあって、人族の……特に乙女（おとめ）の繊細な気持ちに疎いの。許してあげて」

「い、いえ、そんな、お気になさらないでください。むしろ明確な利用価値があると仰っていただけた方が、私としてはありがたいといいますか……」

「……？　よくわからないけれど、私たちは別に、ソフィアちゃんの力欲しさだけで連れてきたわけじゃないのよ？」

「と……いいますと？」

今度はアランが口を開く。

「あのパーティだが、俺たちは事前に参加者全ての経歴や現在のポジションの情報を入手し、頭に入れていた。当然、君のことも」

ソフィアは息を呑んだ。つまり初めて言葉を交わした時点で、アランは自分が魔力ゼロの落ちこぼれということを知っていたわけで。

「魔力至上主義のあの国において、君のこれまでの経歴からすると肩身の狭い思いをしていたのは容易に想像がつく。ましてや、君の肉親である妹からの、あのような扱いを見てしまってはな……この国で暮らした方が、君は幸せに暮らせるのではないかと思った」

つまりはだ。二人は事前にパーティの参加者を全て把握していて、ソフィアの生い立ちや経歴、現状も全て知っていた。

そしてあのパーティの短い時間で、ソフィアが妹を筆頭に周囲から強い風当たりを受けている光景を目の当たりにし、エルメルの方が自分の力も活かせるし、幸せに暮らせるんじゃないかと判断した、ということだろうか。

例のパーティで、シエルがアランに耳打ちしていた場面を思い起こす。

『ねえアラン、ちょっと』

『はい……はい、自分もそう思います』

『やっぱり、貴方もそう思うわよね。そこで、提案なんだけど……』

『……シエル様、本気で言ってます？』

『私が冗談を言うとでも？』

この短い間に、そのような判断が行われていたのかと、ソフィアは戦慄した。

「もちろん、婚約以外にもソフィアちゃんを我が国に連れてくる手段はあったと思うわ。でも、現状だと婚約という形が一番早くて纏まりも良さそうだったから……まあ、あの時の私は少し、怒りで感情的になってしまっていたのは否めないけれど」

（ああ、そうか……）

ソフィアは理解する。あの時、シエルはおそらく自分のために怒りを覚えてくれたのだと。

まだ一〇代そこらという少女を、魔力がゼロだったという理由だけで爪弾きにし、見下し、家族でさえも排斥することが公の場でまかり通っているという理不尽に、シエルは我慢ならなかったのだ。

お国柄の違い、と言えばそれまでだけど。

優しさに溢れた思いやりに、なんだか胸が温かくなる。

こんなにも自分自身を見てくれて、心遣ってくれたのは初めてかもしれないと思った。

それが同じ国の人間ではなく、他国の違う種族の者たちにというのは、なんとも皮肉なことだが。

「君との婚約についての、大まかな概要は以上だ」

アランが一息入れてから、言葉を続ける。

「契約とはいえ、結婚が成立した場合は俺は君を妻として迎え入れるし、生活の保障は手厚くする予定だ。ただ……」

ソフィアの目をまっすぐ見据えて、アランは言う。

「今までの説明を聞いた上で、それでも国に帰りたいと言うのなら、婚約を破棄してもらって構わない。元々、強引すぎる婚約というのは重々承知の上だからな。我が国としては、君の意思を尊重するつも……」

「結婚します」

アランの言葉の途中で、ソフィアは声を上げた。

「結婚、させてください」

迷いはなかった。かたや、自分をモノとしか見てくれない家族、自分の価値などなんら見出せずこき使われ窮屈で、どこにも居場所がない国。かたや、自分をちゃんと一人の人間として接してくれ、かつ自分の力が活かせそうな希望もある国。

どっちが良いか、答えは明白だった。

それに……。

（アラン様のこと、もっと知りたい……）

彼と接した時間はまだ短いが、ソフィアはそう思うようになっていた。

エルメルの竜神にして、軍務大臣。という立場だけからは見えない、節々から漏れ出る優しさや誠実さに惹かれている自分に、ソフィアは気づいたのであった。

ソフィアが結婚を承諾したことを、シエルは心から祝福してくれた。

どこからともなくパンパカパーンとファンファーレが響いてきそうなくらいの喜びようだった。

一方のアランはソフィアが結婚を承諾したことに一抹の驚きを覚えたようだったが、「では、よろしく頼む」とだけ言って頭を下げた。

どうやらこれにて、婚約が成立したようだった。

「結婚式の日取りとか、正式な手続きとかは後日にして、とりあえず今日は休みましょう、移動で疲れたでしょう」

シエルの提案で、今日は事務的な話はお開きになった。

「こちらへ」

アランが立ち上がって、手を差し出してくる。

「は、はい」

唐突なエスコートに狼狽えつつも、ソフィアはその手を取って立ち上がる。

アランの手は大きくて硬くて、何事からも守ってくれそうな力強さを感じた。

生まれてこのかた異性との関わりなど皆無なソフィアは、その感触だけでドギマギしてしまう。

「ちなみに、どちらに行かれるのですか？」

「俺の家だ」

「アラン様のお家(うち)……？」

「夫婦なんだから、当たり前だろう」

当然と言わんばかりの物言いに、ソフィアはハッとする。

（そっか……そうよね、私とアラン様は……夫婦になったんだものね……）

未(いま)だに実感が湧かないが、少しずつ慣れていくしかない。

親鳥についていく雛(ひな)のような足取りで、アランの後をついていく。

その後ろを、ハナコがもっふもっふと続いた。

（アラン様の家……どんなのだろう……竜だから、大きな洞窟の中とか……？）

そんなことを考えるソフィアであった。

◇◇

アランはまだ王城での仕事が残っているということで、先に屋敷に行って休んでいてほしいと、馬車で送り出された。

というわけでやってきたのは、王城からほど近いアランの家。洞窟でも木の上の巣でもなく、人間が住む用に造られたちゃんとした屋敷……いや、宮殿に近かった。

『ここが新しい僕たちのおうちー？』

ソフィアの隣でハナコが言う。

「う、うん……そうだと思う……」

ちなみにハナコは元のサイズの体に戻っていた。

馬車に乗るには大きいので「小さい体に戻ること、できない？」と聞いたら、『んー、やってみる……あ、できた』という感じで。

（結局ハナコのこと、聞きそびれちゃったな）

まあいい。これから聞くタイミングはいくらでもあるだろうし。

「お、大きい……」

馬車の窓から顔を出して、改めて呟く。太陽の光が反射して眩しいほど煌めきを放つ純白の外壁、庭園には何かの神話に出てきそうな竜をモチーフにした噴水。

普通に実家の一〇倍以上の規模がありそうだ。

大臣クラスのお住まいとなるとこんなにも桁違いなスケールになるのかと、ソフィアは慄いた。

「お待ちしておりました、ソフィア様」

馬車が停まるなり、使用人と思しき女性が出迎えてくれた。

「ソノィア様の使用人を務めさせていただきます、クラリスと申します。身の回りのことは私になんなりとお申しつけください」

キリッとした美人さん、というのがクラリスの第一印象であった。

年は一〇代後半くらいで、ソフィアよりも少し年上に見える。

端整な顔立ちは鋭いブルーの瞳が印象的で、腰まで伸ばしたアッシュブロンドの髪は後ろで纏められている。体格はすらっと細く、メイド服がよく似合っていた。

そして何よりも目を引くのは……。

（猫耳!!）

「しっぽ……!!」

「……はい？」

人間には決して存在しない、もふもふそうな耳と尻尾が、ぴくぴくふりふりと動いていた。

もふ撫で性癖が炸裂しそうになるのを慌てて押しとどめる。

「あ……こほん、失礼いたしました、なんでもございません。ソフィア・エドモンドと申します。これからよろしくお願いいたします」

「はい、よろしくお願いいたします。早速ですが、お部屋の方に案内いたしますね」

「あ、はい！　すぐ荷物を……って、あれ？」

いつの間にかクラリスの両手に一つずつトランクが持たれていた。

中は相当重いはずなのに、軽々と。

「あ、ありがとうございます……」

「いえいえ、仕事ですので」

クールに言ってのけてから、背を向けるクラリス。

実家で使用人というとロクに仕事もせず陰口を叩いてきたり、嫌がらせをしてきたりする存在だったためビクビクしていた部分もあったが、クラリスはそうではないようだ。

そのことに、ソフィアはほっと安心する。

「こちらです」

クラリスの先導によって、ソフィアは屋敷内に通された。

◇◇

「な、何これ……?」

クラリスに通された部屋を見るなり、ソフィアはそんな言葉を漏らした。

「何って、ソフィア様のお部屋ですが……」

クラリスが真顔で言う傍ら、ソフィアは愕然としていた。

明らかに、実家の一番良い部屋よりもグレードが高い部屋だったから。

まず第一に、とても広い。広すぎて逆に落ち着かないくらい広い。

壁は一面明るい色の花柄模様。

天井にはたくさんの蠟燭（ろうそく）が刺さったシャンデリア。

ソフィアの身長の何倍もある大きな窓からは、夕暮れの陽（ひ）がたっぷりと差し込んでいる。

天蓋付きのキングサイズベッドは見るからにふっかふかで清潔感があり、鏡台も見たことないくらい大きかった。

総じて、ソフィアが今まで住んでいた部屋が犬小屋に思えてくるほど上等な部屋だった。

「私は何か夢でも見ているのでしょうか？」

「いいえ、現実ですよ、ソフィア様」

クラリスが淡々と言って、荷物をテーブルに置く一方、後ろからついてきたハナコが『わーいっ、おっきいー！』と、ベッドにもふんっと寝転んだ。

それからお腹をごろりんと見せて、くうくうと寝息を立て始める。

「可愛らしいフェンリルちゃんですね」

「す、すみません、落ち着きがなくて」

「謝るようなことではありません、精霊たちは無邪気で気ままな存在ですから」

「そうなのですね」

精霊がどのような存在かよくわかっていないソフィアは頷くことしかできない。

「でも、クラリスさんも可愛いです！」

思ったことを口にするソフィアに、クラリスは驚いたように目を丸める。

「ありがとう、ございます。お世辞でも嬉しいです」

「お世辞じゃないですよ、お目鼻立ちももちろんですが、特にその猫ちゃんチックなお耳が……」

「ああ、これですか」

クラリスが自分の耳を指さすと、ふわふわそうな耳がピクピクと動く。

「ふおおおおお動いてます!!」

「それはまあ、耳ですし」

一気にボルテージマックスになるソフィアに対し、クラリスの反応は冷ややかなものだった。

別に呆れているわけでもなく引いているわけでもなく、クラリスは元々感情の抑揚が小さめで、表情のバリエーションが少ないだけである。

「クラリスさんは、猫ちゃんとのハーフなのですか?」

「厳密には獣人族と人間のハーフですね」

「なるほどー、それでそんな可愛らしいお耳を……」

じ――――っと、ソフィアが物欲しそうな目でクラリスの耳を眺める。

「……触ってみますか?」

「いいんですか!?」

びゅんっと、クラリスのそばに接近するソフィア。

さすがのクラリスも、ちょっぴり引いてしまう。

「え、ええ。好きなだけ、どうぞ」

「で、では、遠慮なく……」

恐る恐る、クラリスの猫耳に手を伸ばすソフィア。

むきゅ、と効果音が聞こえてきそうな感触が掌を覆う。

「はわわ……ふわふわで柔らかくて……とても気持ちいいです」

さわさわさわさわ。

「んっ……」

クラリスの表情がぴくりとこわばる。心なしか頬に仄かな赤みが差していた。

案外、耳は弱いのかもしれない。

しかもふることに夢中なソフィアは、そんなクラリスの反応に気づかない。

しばらくさわさわ撫で撫でと、癖になる感触を堪能していた。

そうしていると、クラリスが「む……」とすんすん鼻を鳴らした。

「大変失礼を承知の上でお聞きするのですが、ソフィア様」

「はい？」

ソフィアの全身を見渡してから、尋ねる。

「最後にいつ、お身体を洗われましたか？」

「はえっ？　え、えっと……確か……二日前に水を被りました！」

普段、水浴びは五日に一度しか許されていないのだが、嫁ぎ先に行くからとどうしてもと頭をトげてようやく浴びることのできた水だった。ちゃんと身は清めてきましたよと、妙なドヤ顔をするソフィアとは対照的に、クラリスは卒倒しそうになっていた。

「……先に荷物を片付けようと思っておりましたが、気が変わりました」

きゅぴんと、クラリスは目を光らせる。

「あ、あの……なんだかお顔が怖いのですが……？」

「ソフィア様にはまずは、お風呂に入っていただきます」

「お、ふろ……？」

聞き慣れない単語に、ソフィアはこてんと小首を傾げるのであった。

「こんな素晴らしいものがこの世に存在するなんて……」

クラリスに身を清めるよう提案されて、てっきり水浴びでもするのかと思いきや。

まさか、全身まるごとお湯に浸すことになるとは、思ってもいなかったソフィアであった。

今、ソフィアがいる部屋の内装は大理石造りで真っ白だった。

等間隔で白磁の彫刻が模されており、神話のような世界観を形作っている。

湯船からはほかほかと湯気が立っていて視界は悪いが、竜を模した彫刻の口からじょばじょばとお湯が流れ出ているのが見えた。

「お風呂、ね……」

熱めのお湯に肩まで浸かりながら、ソフィアは回想する。

――とにかくまずはお風呂で全身を洗い流しましょう。

と言われてクラリスに連れられやってきたのは、お風呂という場所だった。

ソフィアも、東洋に湯浴みという習慣があるということを知識だけでは知っていた。

その時に使う広い溝のような場所がお風呂なのだと。

しかしソフィアが知っているお風呂は、ひと一人分のサイズの湯船にお湯を張って浸かるものので、断じて部屋一つ分はあろうかと思うほどの広さの溝になみなみとお湯が注がれたものではない。

水源が豊富なエルメルではたいていの家にお風呂があるらしく、その中でも大きなサイズのものをクラリス曰く『大浴場』と言うらしい。

クラリスは「それではごゆっくり」と、拭く物や着替えの場所をレクチャーして退室してしまった。ひとりでじっくりと楽しんでという、彼女なりの気遣いだと予想する。

回想終了。

「こんなに大量のお湯を惜しげもなく使うなんて……」

水魔法と火魔法を組み合わせれば実現できるとはいえ、この量となるとかなりの労力を必要とする。少なくとも実家では考えられなかったが、エルメルでは入浴はオーソドックスな習慣らしい。

実家にいた頃を思い起こす。身体を清めるとなると、濡れた布で身体を拭くか桶(おけ)に入れた冷たい水で身体を濡らすかが定番だった。

当然、お風呂に入った経験なんてあるわけがない。

熱いお湯に全身を浸すなんて、最初はおっかなびっくりだった。

しかし、入ってみてその先入観は霧散した。

「気持ちいい……」

それが、入浴に対する感想の全てだった。

生まれて初めてのお風呂というものは、想像以上に極楽だった。

身体にたまった疲労とか、穢(けが)れ的なものがじわじわと昇華されていく感じがする。

ソフィアは頭を空っぽにして、その感覚を楽しんだ。

「こんなに幸せで、いいのかしら……」

来る前までは、環境に適応できるかどうか不安だった。

でも想像していた場所よりずっと良くて、逆に怖さを覚えてしまうくらいだ。

今この瞬間も全て夢で、本当は婚約の話も、実家を出た話も全部嘘(うそ)だったんじゃないか、なんて。

夢だとすると、とても怖かった。温かい湯船に浸かっているはずなのに身震いしてしまう。

思わずソフィアは、自分の体を抱き締めた。

その時だった。

「……あら?」

不意に、視界の端に小さな光が見えた。

よくよく目を凝らすと、掌くらいのサイズの女の子の形をしたシルエット。

きらきらと光の粒子を撒(ま)きながら、背中についた小さな羽で飛んでくる。

髪は澄んだ水色で、同じ色のドレスを着ている。

どことなくシエルに似ているような気がした。

ソフィアは直感的に、彼女が水の妖精だと思った。

水を掬(すく)うように両掌を広げてみせると、その上に水妖精ちゃんが降り立つ。

それから妖精ちゃんはソフィアを見上げてにこりと微笑んでくれた。

「可愛い……」

思わずこぼすと、妖精ちゃんは照れ臭そうに笑った後どこかへ飛び去っていった。

「行っちゃった……」

名残(なごり)惜しそうに呟く。同時にソフィアは、アランの言葉を思い出していた。

——精霊力が高い者は言い換えると、精霊に好かれやすい者でもあるし、精霊に様々な恩恵を与える者でもある。いわば精霊たちに愛されている、と言っていい。

もし自分が、こんなにも可愛らしい精霊ちゃんたちに好かれる体質なのであれば。

「なんて素晴らしいことなの」

可愛いものには目がないソフィアにとっては僥倖(ぎょうこう)としか言いようがなかった。

それからしばらくの間、ソフィアは喜びにばしゃばしゃと身を揺らすのであった。

◇◇

お風呂上がり。

脱衣所でバスタオルを巻いていると、クラリスがやってきた。

「上がりましたか、ソフィアさっ……」

ソフィアの姿を見るなり、クラリスは目を見開いた。

「あっ、はい、さっき上がったところです。それよりも、シャンプーってすごいですね！　髪に馴染ませて水で流すと、信じられないほど艶が出ました！　このような物があると噂には聞いていましたが、こんなにもすごいとは思っても……あの、どうかしましたか、クラリスさん？」

石魔法にかけられたみたいに硬直するクラリスに尋ねる。

何か、粗相をしてしまったのだろうかと不安になった。

「いえ、久しぶりに腕が鳴るな、と」

「う、腕？」

「お気になさらず。では、こちらにお着替えください」

そう言ったクラリスに渡されたのは、一眼（ひとめ）で上等な素材で拵（こしら）えたとわかるエメラルドグリーンのドレス。

「こ、こんな上等なドレス……わ、私には似合いませんよ……」

無能の烙印を押されて以降、ロクに食事を摂ることも着飾ることも許されなかった故に、ソフィアの見てくれはお世辞にも良いとはいえなかった。

周りからも、地味だの暗いだのヒョロいだの散々言われ続けたため、ソフィアの自身の容姿に対する評価は最底辺に近い。

故に、見るからに高そうなこのドレスを身につけるのはソフィアにとって非常にハードルが高く感じられていた。

「大丈夫です、ソフィア様。私にお任せください」

そんなソフィアに、クラリスは語りかける。

「入浴して、髪をシャンプーで洗い流しただけでこの変わりよう……本来のソフィア様は、とても可愛らしいお顔立ちをしております。私が保証いたします。少し細っておられるので、肉付き面では少し物足りなさはあるかもしれませんが、お化粧もして、ちゃんと着飾れば必ず麗しくなられますよ」

「か、可愛らしいだなんて……」

俄(にわか)には信じられない、けど。クラリスがこのようなことで嘘をつくような人ではない、というのはこの短い間でもなんとなくわかっていた。

それでも、やはり何年もかけてソフィアの心に刻みついた劣等感は簡単に拭い去れるものではない。

着飾っても残念なままだったら……という恐怖はあった。

けど。

「…………わかったわ」

クラリスを、信じることにした。

「ありがとうございます。ささ、まずはドレスを着付けいたしましょう。それからお化粧です。

夕食はアラン様もいらっしゃるので、驚かせてあげましょう」

「え、待って、聞いてない！　夕食にはアラン様も同席するの……⁉」

「そりゃ夫婦なんですから、お食事を一緒に摂られるのはごく自然なことかと」

「うっ……そうよね、そうなりますよね……ちょっと、心の準備が……」

「今更何をおっしゃいますか。さあ、変身のお時間ですよ」

何やら俄然やる気になったクラリスによって、ソフィアはバスタオルを剝がされるのであった。

◇

「あの……やっぱり変じゃないでしょうか……？」

「とんでもございません、とてもお綺麗です。ささ、早く中へ……」

「うう……」

夕食時。食堂への入室にまごつくソフィアの背中を、クラリスはにこやかに押した。

クラリスの表情は一仕事終えた後の職人でありとっても満足そうだ。

「し、失礼いたします……」

食堂もこれまた豪勢でだだっ広い空間だった。

部屋の中央に設置された大きなテーブルにアランがついている。

ソフィアの入室に気づいたアランが振り向いた。

「来た、か……？」

がたっと、椅子の音を立てて立ち上がるアラン。

次いで、絶句。という表現にふさわしいリアクションをした。

それもそのはず。つい先ほどまではお世辞にも麗しいとは言えない地味だったはずの婚約者が、たったこの数時間で激変していたのだから。

意匠を凝らした豪華な食堂の中にもかかわらず、ソフィアの周りだけ一際輝いているように見える。

「ソフィア様はとても美しいワインレッドの髪をしていらしたので、ドレスもそれに合わせて主張しすぎず、エメラルドグリーンのものにいたしました」

傍に控えるクラリスが解説する。

その言葉の通り、ソフィアが身に纏っているエメラルドグリーン色のドレスは装飾も控えめだが決して地味ではなく、ソフィアの髪色と幼さを残した顔立ちと非常にマッチしていた。

胸元のリボンも可愛らしく、良いアクセントになっている。

しかし明らかに、この可憐さはドレスによるものだけではないように見えた。

「ついでにお化粧も少々施しました。白粉は肌や瞼に馴染みやすい量で、チークはほんのり薄く、口紅だけ少し明るめにピンク系のものをチョイスしました。髪も、シャンプーとリンスで洗髪しているので、とても艶やかになったかと思います」

誇らしげに語るクラリスだが、その内容に勝る実物が今目の前にいるのだから、見事としか言いようがない。いや、クラリスの手腕もあるだろうが、元々の容姿が非常に優れていたのだろう。

よくよく見るとやはり痩せ細りなのは否めないが、それも気にならないほど他の部分が素晴らしく、とてつもない変わりようだった。

「あ、あの……」

呆然とするアランの元にソフィアが歩み寄り、不安げに尋ねる。

「変、じゃないでしょうか……？」

「……あ、ああ、すまない。思わず見惚れていた」

「みとれっ……」

「変どころか」

嘘偽りなど微塵も感じさせない真剣な表情で。

ソフィアが最も言ってほしかったであろう言葉を、アランは口にする。

「とても、綺麗だ」

――っ。

まず最初に、安堵した。良かった。変じゃなかったと、心の底からホッとした。

そしてすぐに嬉しさが湧き上がった。

胸の奥底から溢れ出て、思わず身震いしてしまうような高揚感、そして、照れ臭さ。

自分の頬が意図せず熱を持ち、心臓が不規則なリズムを奏で始める。

褒められたことも嬉しい、けど、何よりも。

『アランに』褒められたことが、嬉しかったと自覚して。

「ありがとう、ございます……」

だらしないとわかっていても、ひとりでに表情筋が緩んでしまう。

「嬉しい、です……」

思わずソフィアは、えへへと親に褒められた子どものようにはにかんだ。

邪(よこしま)な気持ちなど微塵もない。ただただ純粋な嬉しさだけで彩られた、極上の笑顔。

そんなソフィアの笑顔を見たアランが。

「――っ」

思わず息を呑み、自身の胸の辺りに芽生えたざわざわとした感情に戸惑ったなんて。

ソフィアは知る由もなかった。

◇◇

席に着くと同時に、何人かの使用人たちが食事を運んできた。

使用人たちの頭の上には漏れなくワンコちゃんやウサちゃんなどのお耳がついていて、食事の内容よりも先にそちらに目を取られてしまった。僥倖極まりなし、大変可愛きことである。

「わ……」

眼前に並べられた豪勢な料理たちに気づいて、ソフィアは思わず声を漏らす。

色とりどりの野菜サラダに、熱々そうなスープ。

明らかに人が食べるサイズではない大きな肉の塊には刻んだ野菜と絡めたソースがかけられていて、しっかりウェルダンの焼き加減がとても美しい。

海に面している都市のためか、魚やエビの蒸し料理や、濃厚そうなたらこクリームパスタまである。

「どうした、ポカンとして。人族のシェフが作っているから、口には合うと思うのだが」

「ご、ごめんなさい……少々、圧倒されておりました……」

「ああ、人族の胃袋には少し量が多いか」

「少し……？」

明らかに大の大人五人分くらいの量がある気がする。

さすがは竜族の方と、ソフィアは戦慄した。

「無理に食べなくていい、食べられるだけ食べるといい」

「はい、ありがとうございます」

食前の祈りを捧げてから、フォークを手に取り恐る恐るサラダを口に運ぶ。

（……美味しい）

キャベツにセロリ、ブロッコリーにトマト。

一通り食べてから、再びキャベツ、またキャベツ。

（みずみずしくてしゃくしゃくで、とっても美味しい……）

いつもパッサパサで味気ない、野菜の切れ端みたいなところばかり食べていたから、新鮮な生野菜というものはソフィアにとって大きな衝撃を与えた。

豊かな土地柄のおかげもあるだろうか。

フェルミで育てていた野菜よりも、うんと新鮮な気がした。

「ずっと野菜を食べているが、好物なのか？」

「あ、はい。そうですね、お野菜は、好きです」

与えられる食事が残り物の野菜ばっかりだった、というのもあるだろうけども。

「そうか。野菜の中では、何が好きなのだ？」

「強いて言うなら……キャベツ？」

後ろで控える獣人族のウサ耳メイドが、気が合いますねえといった風な表情をする。

「なかなかユニークな好物だな」

「キャベツが一番うちの領地でたくさん穫れてたので、新鮮なまま余ることが多かったのです」

逆にあまり穫れない野菜は優先的にソフィア以外の家族の胃袋に入っていったので、そもそも食べる機会がなかった。

「……なる、ほど」

アランが何かを察したような表情をして押し黙る。

「アラン様は、どんな野菜が好きなのですか？」

「カボチャ、さつまいも、ジャガイモは嫌いではない」

「もしかして、緑の野菜がお嫌いで？」

「嫌いというわけではない。ただ、苦味を伴う食物を食うくらいなら、そうでないものを食べた方が良いと思っているだけだ」

子どもの言い訳のようなアランの弁に、ソフィアは思わずくすりと笑う。

「何か、おかしいことを言ったか？」

「いえ、失礼いたしました。ちょっぴり、可愛いなと思いまして」

ソフィアが言うと、アランは何やらバツの悪そうな顔をする。

「……スープも、冷めないうちに飲め」

「あ、はい。いただきます」

促されて、今度はスープを口に含む。

「……‼」

（温かくて、刻み野菜のひとつひとつがしっかりコンソメを吸ってて……美味しい！）

熱々の具だくさんスープなんていつぶりだろう。

実家で出されるスープといえば、冷たいし塩を一振りかけただけじゃないかと思うほど薄いし、具材もキャベツの芯という有様だ。こんな美味しいスープを飲んでしまったら、実家で出てきたスープは二度と飲めなくなるかもしれない。

「あったかい……」

スープを喉に流したら、胸の辺りに熱が生じた。

瞬間、腹の奥底から何か、込み上げるような感情が競り上がってきて――。

――ぽた、ぽた。

「……あれ？」

おかしい。

突然、視界がぼやけた。

加えて、テーブルクロスに先ほどまでなかった染みが数滴。

「泣いているのか？」

アランに問われて初めて、自分が涙をこぼしていることに気づくソフィア。

後ろに控えていた使用人たちが驚いたような顔をして駆け寄ろうとする前に、アランがポケットからハンカチを取り出しソフィアに差し出した。

「これで」

「ありがとう、ございます」

もう声も震えてしまっている。

目元を拭いても拭いても、熱い雫がとめどなく溢れて止まらない。

「あ……はは……なんででしょうね……」

湧き上がる感情が抑えられない。

「サラダが美味しくて、スープがあったかい……それだけで、なんだか……」

おそらく、ほとんどの人々にとっては当たり前な、ただそれだけなことが。

「感動しちゃいまして……」

ソフィアは、思い出していた。自分がまだ五歳とかそこらの頃。

魔力ゼロを出した事件の前。まだ、自分は家族に大切に育てられていた。

その時に飲んだスープと家族の温かさを思い出して。

なんだかもう、うまく言えないけど。

懐かしさや、やるせなさ、切なさやらで胸がいっぱいになったのだ。

こんな姿、旦那様になる人の前で見せるわけにはいかないのに。

「ごめんなさい、はしたない姿を……すぐ止めるので……」

「止めなくていい」

アランの言葉に、ソフィアが目を見開く。

「この屋敷のシェフの腕は一級品だ。ステーキも、蒸しエビも美味い。ゆっくり泣いた後に、堪能するといい」

「は、い……ありがとうございます」

しばらくの間、ソフィアは声を押し殺して泣いた。

その隣で、アランは食事に手をつけず、ソフィアが泣き止むまで待っていてくれた。

ほどなくして、ソフィアの涙は止まった。

その後、何事もなかったかのように食事は進んだ。

その気遣いはソフィアにとって大変ありがたいものだった。

先ほど溢れ出た悲しみは、目の前に広がる料理の美味しさによって一瞬にして吹き飛んだ。

シェフが一級というアランの言葉はまさに実(まこと)で、ソフィアは数々の料理に舌鼓を打った。

「……‼」

ステーキは一口食べた瞬間、つま先から頭にかけて衝撃が走る。

口の中にソースと肉の旨味がじゅわり広がり思わず目を閉じてしまうほどだった。

蒸した海老は大きくてぷりぷりで食べ応え抜群。

こんなに肉厚な身は初めてだった。

クリームパスタも溶けてなくなるほどトロトロで後を引く美味しさ。

たらこの粒々のピリッとした辛味にほどよく甘いクリームが絡んでいた。

これが一人の食事だったら、ソフィアはどの料理を食べても美味しい美味しいとオーバーな感情表現をしてはしゃいでいたことだろう。

心の中に残っていた理性がギリギリ、ソフィアを淑女のままにしていた。

「君は本当に美味しそうに食べるな」

どうやらアランから見ると、ソフィアから美味しいオーラが溢れ出ていたらしい。

「ご、ごめんなさい、どれも美味しくて、つい……」

「何を謝ることがあるのだ？　美味しいものを美味しいと食べるのは当たり前のことだろう」

そう言ってアランは、一切れが拳大ほどある肉の塊を頬張った。

一口が竜のそれである。

「そういえば、気になったのですが」

視線だけで『なんだ？』と尋ねるアラン。

「アラン様の本来の姿……竜の身体の大きさにしては、この食事量だと足りないような気がするのですが、大丈夫なのでしょうか？」

肉を飲み込んでから、アランは答える。

「あの姿は主に精霊力で動いているからな。食事のエネルギーはさほど使っていない」

「なるほど、そういう仕組みなのですね」

「とはいえ腹は減る。だから栄養はしっかりと摂らねばならない」

もりもりと食べ進めるアランの食欲はとどまることを知らず、あれだけあった大盛り夕食がもうほとんど空になっていた。

ついでにソフィアのコップの水もそろそろ空になりかけている。

「こちら、お入れします」

すかさずクラリスがやってきて、ソフィアのコップを手に取る。

「あ、ごめんなさい。ありがとうございます」

「仕事ですので。……水の精霊よ」

クラリスがそう言うと、ぼうっとコップが光った。

すると次の瞬間、コップの中に液体が魔法のように現れる。

ちゃぷんと波打つ不純物のない透明なそれは紛れもなく水だった。

「わ、すごい！　クラリスさんも、魔法使いなのですか？」

「厳密には、精霊魔法です」

「あ、そうでした」

フェルミでは魔法。

エルメルでは精霊魔法。

この区分けに早く慣れないといけない。

「精霊魔法も、色々使えて便利そうですね」

「私の力は平均的ですので、一度にこれくらいしか水は出せません。なので本当に、日常的に使えるくらいです」

クラリスから受け取った水を口に含む。しっかりと冷たくて、美味しい水だった。

「私の精霊力って、結構あるんですよね？」

ふと、アランに尋ねる。

「結構、どころではないな。水の精霊魔法一つ取ってみても、下手するとこの部屋が水浸しになるくらいの威力を持っているかもしれない」

「いや、さすがにそれは……」

ないだろうと、ソフィアは思った。

エドモンド家きっての天才と言われた妹のマリンの水魔法でさえ、一度に発生させられる水はひと抱えほどある大きな桶サイズくらいだった。

それでもすごいすごいと持てはやされていたのだから、この部屋を水浸しに……と言われても現実味がなかった。なかったけど、冗談など微塵も感じさせないアランの真面目な横顔を見ていると、なんだか怖くなってきた。

「すぐにわかる」

そう言って、アランは残りの肉にナイフを入れるのであった。

◇

「何をしているんだ？」

食後、テーブルでお皿を積み重ね始めたソフィアにアランが怪訝(けげん)な顔で尋ねた。

「えっと、お皿を片付けようと」

「……………何故？」

「何故って……そういうものではないでしょうか？」

ごく当たり前のように言うソフィア。

事実、自分が使ったお皿を自分で片付けるのはソフィアにとって当たり前のことだった。

アランは眉を寄せた後、大きく息をつく。

「ソフィア様、こちらは全て食事係の使用人が片付けますので」

「ええっ、でも、結構量がありますが……」

「それが私たちの仕事ですので」

クラリスも当たり前のように言う。今まで、自分の食事の片付けはおろか、家族の分の片付けまでせっせと行っていたソフィアにとっては驚くべき受け応えであった。

「そ、そうですか。でしたら……よろしくお願いいたします」

「はい。それと……言うタイミングを逃してしまい恐縮なのですが……」

少々言いづらそうにクラリスは言葉を並べる。

「私たちにはどうか、敬語は使わないでください」

「あっ……」

ソフィアは今気づいたように口を押さえた。

「私どもからすると、ソフィア様は主人であり上の立場のお方です。ソフィア様が私たちに敬語をお使いになるというのは、外から見た時に少々違和感があるといいますか……」

「そ、そうですよね、そうでしたわね、ごめんなさい、配慮不足だったわ」

「いえ、とんでもございません。それでは、今後はよろしくお願いいたします」

「え、ええ。お願いしま……お願いね」

ソフィアがちぐはぐに言うと、クラリスは一礼して下がった。

言われて、気づいた。もともと自分は貴族令嬢という立場だったことも。

そして、この国に来てからは大臣の夫人になったということも。

使用人に敬語を使うなぞ常識ハズレも良いところだが、（おそらく常識から悪い方向に外れていた）実家での癖が、なかなか抜けないでいる。

ソフィアとクラリスのぎこちないやりとりを、アランは眉を寄せて眺めていた。

「色々と不慣れで……ごめんなさい、アラン様」

「気にするようなことではない。君には君の役割がある、ただそれだけのことだ。それに、急に環境が変わったのだ。初日ということで不慣れなことも多々あるだろう」

「お気遣い、ありがとうございます」

深々と頭を下げるソフィアに、アランは小声で呟く。

「……もっとも、君の実家はいささか違和感のある環境だったようだがな」

「え？」

「なんでもない。とにかく少しずつ慣れていけば良い」

「わかりました。ところで……私はこれから何をすれば良いでしょう？」

「む？」

「此度の婚約はお互いの利害関係によってもたらされたものと認識しております。なので、何か私にできることがあれば、と……」

「君は今から働くつもりか？」

「そのつもりでしたが……」

変なことを言った自覚など毛頭ないソフィアはきょとんとしている。

アランは額の辺りを押さえ天井を仰いだ後、それはそれは深いため息をついて言った。

「……今のところは、特にない。俺はまだ所用が残っているから、王城に戻る。今日は疲れただろうから、ゆっくり休め」

「は、はい！　わかりました、あの……」

また、深々と頭を下げるソフィア。

「お忙しい中、夕食をご一緒いただきありがとうございました」

「……」

そんなソフィアの顎を、アランはくいっと持ち上げ自らの顔に引き寄せる。

「ひゃっ……？」

突然のことで変な声が出てしまったソフィア。

「その頭を下げる癖もどうにかせねばな。夫婦にしては固すぎだ」

眼前に迫った整った顔立ちに、ソフィアの胸の辺りから何かが飛び出しそうになる。

「そうだ、そのくらい柔らかい表情だと良い」

その時、初めて。

アランは小さく、ふ――と笑った。

しかしそれは一瞬のこと。ソフィアを解放し、アランは背を向ける。

顔を真っ赤っかにしたソフィアは、しばらくの間その場から動くことができなかった。

自室に戻るなりソフィアはベッドに腰掛け、未だほんのり赤みを残した顔を覆った。

「ううぅぅ～～～……」

足をジタバタ。羞恥に染まった声がひとりでに漏れてしまう。

「うううううぅぅぅあああうううううぅぅぅぅ～～～」

ベットに突っ伏して、ソフィアは足をじたばたさせた。

全身が熱い、なんだか変な汗も出てくる。ここが広い部屋で良かった。

もし狭い部屋だったら、クラリスが何事かと飛んできたことだろう。

（あれは反則あれは反則あれは反則……!!）

心の中で叫びながら思い出す。

アランの『顎くいっ』からの『控えめな笑み』。これまで異性との関わりなど皆無に等しいソフィアにとって、あの二連コンボは破壊力が高すぎた。文字通り目と鼻の先で行われた不意打ちに、うぶで純粋なソフィアの脳は完全にオーバーヒートしてしまったのである。

「こんなことで取り乱しちゃいけない……」

これから私は、アラン様の妻となるのだ。

あの程度の接触でいちいちこの体たらくだと、来月あたりは高熱でぶっ倒れてしまうだろう。

「でも……見れば見るほど素敵な方なんですよね……」

アランの容貌の良さは前提として。

彼の紳士的なところとか、自分と違って落ち着いていて冷静なところとか。

でも時たま見せる、ちょっと子どもっぽいところとか。

アランと接して、話して。

彼のことを知れば知るほど、惹かれていく自分を強く自覚していた。

一方で。

「でもこれは……契約結婚……」

故に、自分の想(おも)いを一方的に押しつけるのは良くないと、ソフィアは思っていた。

そもそも自分のような地味でなんの取り柄もない落ちぶれ令嬢が、一国の大臣にして竜の神様であらせられる御方と一緒に……なんて、考えるだけでもおこがましいといったものだ。

いくら自分が好き好き好き！　となったところで、アランにとっては迷惑だろう。

ソノィアの自己肯定感は現在、魔力と同じくゼロに近い。

精霊力とやらが高いというのも、まだ実際に目にしていないので実感できていない。

アランは着飾った自分を綺麗だって褒めてくれたけど、あれだってきっとお世辞だろうし。

自分はあくまでもお飾りの奥さんとして、気持ちを押し殺しドライに接するのが正解なのだろうと、ソフィアは考えていた。

「はあ……」

いけない。考えてたら、ネガティブな思考で頭が重たくなってきた。

こんな時は……。

「ハナコ、いる？」

『いるよー』

もふんっと、ハナコがどこからともなくベッドに上ってきた。

実家の時と同じ、子犬サイズモードだ。

「そっか……人の言葉喋れるようになったんだよね……」

今までボキャブラリーが『きゅい』だったから、なんだか新鮮な感じだ。

とはいえコミュニケーションが取れるのはとても便利だな、とも思った。

「おいで」

『うん！』

ハナコは今までと変わらず、無邪気にソフィアの胸に飛び込んでくる。

「おーよしよしよし。ハナコは相変わらずもふもふで可愛いねぇ～」

『えへへ～』

いつものようにもふ撫でしていると、アランの言葉が思い起こされる。

――ハナコはオスだぞ。

ぴたりと、ソフィアの動作が止まった。

「……ごめんね、ハナコ」

『ん～？　何がー？』

きょとんと首を傾げるハナコ。

「私、ハナコが男の子だって気づいてあげられなくて、女の子の名前つけちゃって……」

『ん～？　気にしてないよ？　ぼく、ハナコって名前すっごく気に入ってるし、つけてくれてとても嬉しいよ～』

なんて良い子……!!

きゅうんっと、ソフィアの胸が音を立てる。

「も～～～ハナコったら～～～!!」

嬉の感情を爆発させたソフィアは、再びハナコもふ☆もふタイムに突入し……。

「あっ」

そうだ。

「ねね、ハナコ、大きくなれる？」

『もちろん』

ハナコの身体がぼうっと光る。すぐにハナコはビッグモードに変化した。

「わあー！」

こんなにでっかいもふもふを前にして、一秒たりとも我慢できるわけがなかった。

もふんっと、ハナコのお腹にダイブするソフィア。

「大きくてもふもふだー……」

その表情たるや至福そのもの。全身でその温もりを、毛の感触を堪能する。

そうしていると、先ほど胸に湧いた劣等感とか、羞恥心とか、そんなものはすぐに消え去って。

後にはただただぽわぽわとした多幸感だけが残るのであった。

——そもそも、なんでハナコは突然こんなに「大きく」なったの？

——ハナコは一体、何者なの？

そんな疑問は、巨大なもふもふの前で霧散してしまっていた。

気になるけど、今の優先事項はもふもふなのである。

思う存分、ソフィアはハナコをもふもふするのであった。

◇◇

「どうだった？」

夜、王城。

軍務大臣にあてがわれた部屋で書類仕事をしていたアランに、どこからともなく声が降ってきた。

「どう、とは」

アランは書類にペンを走らせたまま、机のそばにやってきたシエルに返答する。

「ソフィアちゃんのことに決まってるじゃない」

「危険ですね」

「危険？」

アランのペンが少しだけ速度を落とした。

「はい。まず、自我が乏しく不安定です。おそらく、自分を出すことを許されず、抑圧されてきたのでしょう。あと、謝り癖。ほんの些細(ささい)なことでも、彼女はすぐに謝罪を口にします。これも、周りの環境がそうさせたのかと。このままだと、どこかのタイミングで彼女は壊れてしまう恐れがあると考えてます。そうなると……」

その先は言うまでもないと、アランは言葉を止める。

ペンを走らせるスピードが元に戻った。

「なるほどねえ」

大きく頷くシエルの表情には複数の感情が浮かんでいた。

悲しみ、同情、そして、怒り。

ソフィアの経歴や境遇は情報として知っている。

だからこそ、アランの言葉には強い説得力を感じた。

まあ、そうなるよね、という。

「でも、その点に関してはそこまで心配していないわ」

「それは、何故です？」

「あなたと結婚するんだもの」

その返答は予想外だったのか、アランのペンが一瞬だけ止まる。

見なくてもわかった。シエルは今、それはもう嬉しそうな笑顔を浮かべているのだろうと。

ため息をつき、ペンを再び動かすアランはシエルに問いかける。

「俺は乙女の繊細な心がわからない、のでは？」

「乙女心以前の問題よ。きっと、貴方と一緒にいるだけで、ソフィアちゃんは良い方向に変化すると思うわ」

「それは、時間が経ってみないとわかりません」

「そこは建前でもそうですね、って言うところよ」

「何百年の付き合いですか。今更建前を言う仲でもないでしょう」

淡々と言いながらも、ものすごいスピードで書類をさばいていくアランに、シエルは「それもそっか」と、一人の少女のように笑った。

「それはそうとして……」

スッと、シエルの影がアランの机に差す。

声のトーンが僅かに、真面目な方向に変化したことにアランは気づいた。

「どうしてあの時、嘘をついたの？」

「嘘、とは」

「――此度の婚約は、俺がパーティで君に一目惚れをして、情熱的な恋心が芽生え、国境を跨いだ結婚をなどというロマンティックなものではない」

ぴたりと、アランのペンが止まる。そこで初めて、アランは顔を上げた。

「やっぱり」

得意げな笑みを浮かべるシエルが、アランのそばにあった椅子に腰掛ける。

眉を顰めて、アランは返した。

「一言一句、よく覚えていますね」

「貴方の大根役者ぷりがあまりにも印象的だったたから。一目惚れだったたくせに」

「そんなこと、どうしてわかるんですか」

「何百年の付き合いだと思っているの」

確信犯もかくやといったシエルの表情に、観念したように息をつくアラン。

何事にも動じない真面目な表情で、言葉を並べる。

「竜族と人間では、そもそもの寿命が違いすぎます。この先、何十年という時間を見据え彼女の気持ちを考えた時に、この形が一番ベストだと判断したまでです」

「そういうところが、乙女心をわかってないというのよ」

呆れた、と言わんばかりにシエルはため息を落とす。

「せっかく気を回してあげたのに……。貴方がソフィアちゃんに〝この婚約にロマンはない〟なんて言い放った時には、思わずすっ転びそうになったわよ。貴方には貴方なりの考えがあったと思うから、表面的なフォローにとどめておいたけど」

「まさか……」

アランが訝しむように目を細める。

「あの時、婚約の提案をしたのは」

「さあ、どうでしょう？」

にっこりと、シエルは屈託のない笑顔を浮かべる。

見る者全ての警戒心を解いてしまいそうな笑顔だが、その裏には様々な思惑が張り巡らされていることをアランは知っている、長い付き合いだから。

「色恋沙汰とはずっと無縁だった部下に降って湧いた春の気配……これは上司として動かないわけには、という思惑があっても不思議じゃないでしょう？」

「公私混同が過ぎませんか」

「あら。私は今まで一度たりとも、国益を考えない行動を取ったことはないわよ」

その言葉に反論はない。事実、ソフィアの存在はエルメルにとって多大なる利益をもたらすことは火を見るよりも明らかだからだ。

シエルに言わせれば、『一石二鳥』なことをした、くらいの認識だろう。

「とにかく俺は、今のままの関係を望みます。もしも、お互いに真の愛情が芽生えた場合、悲しむのは彼女の方です。だから現状が、彼女にとっても最善のはずです」

「強情ねえ。まあいいわ。いつまで持つか、高みの見物をさせてもらうとしましょう」

「竜族の理性を甘く見すぎでは？」

「竜人でしょ。感情を持っている以上、好きという気持ちはそう簡単に抑えられるものじゃないのよ。薄々気づいているでしょう？」

その問いに、アランは応えない。

もうずっと止まったままのペンを持ったまま眉間に皺を寄せるばかりであった。

「それに……」

優しい笑みを浮かべて、シエルは続ける。

「相手からの純粋な愛に応えない。それができるほど、貴方は非情じゃないわ」

「いや……彼女が俺に好意を持つこと自体あり得ないでしょう。強引に婚約を結び、無理矢理他国に連れてきた無愛想で面白みのない俺に、好かれる要素が見当たりません」

「この鈍感ドラゴン」

「なんか言いました？」

「いいえ何も」

話はそれで終わり、とでも言うようにシエルは立ち上がる。

「それじゃ、私は行くわ。今後も、ソフィアちゃんに関する報告お願いね」

「わかりました」

「彼女の、精霊力の調査の方も」

「明日には」

「よろしい」

満足げに頷いて、シエルは部屋から立ち去った。一人残されたアランは書類仕事を再開する。

しかし先ほどのようなペースでは書類の処理が進まなかった。

思考の端にちらちらと、ソフィアのことが浮かんでいたから。

――自分の中に生まれた気持ちがどれだけのエネルギーを持っているか、この時のアランは知る由もなかった。

第三章　精霊王国での日々

「……夢じゃない」

精霊王国エルメルの、アランの家に嫁いだ翌朝。

新しい自室のベッドの上で、ソフィアは寝ぼけ眼を擦（こす）りながら言葉をこぼした。

昨日まで、ソフィアの目覚めを出迎えるのは埃臭くて薄暗い部屋だった。

今ソフィアがいる部屋は広くて綺麗で、そして明るい。

天国と地獄のような落差に、現実感がない、が。

大きな窓から差し込むぽかぽかとした朝陽。

耳心地のいい小鳥のさえずりがどこからか聞こえてくる。

それらは確かにソフィアの五感が捉えていた。

夢じゃない。ただそれだけの事実に、ソフィアは深い安心を覚えた。上半身を起こそうとすると、自分が枕にしていた物体がもふもふでふわふわのフェンリルなことに気づく。

実家の時のような小型犬サイズではなく、全身で堪能できる素敵サイズモードだ。

「ふふ……」

あどけなくて可愛らしい寝顔に、思わず笑みがこぼれる。

きゅぴーきゅぴーと寝息を立てるハナコをひと撫で……で我慢できるはずもなく。

「ふふふっ」

起きるのは中断して、まずはもふもふを堪能することにした。

もふんっと、ハナコの大きな身体にダイブする。

柔らかい、ふかふか、温かい。

「幸せ……」

その言葉に、ソフィアの感情が全て集約されていた。

「このまま二度寝……しちゃおうかしら」

二度寝。それは、ソフィアが夢にまで見た甘美な所業。

実家にいた頃は朝早くから飛び起きて朝食の準備や掃除など何かしら働かされていた。

今、自分に与えられた仕事は何もない。

いっつあふりーだむ。

つまり、自由。夕食まで時間はたっぷりあるのだから、もう一度心ゆくまで寝るのは誰にも責められない選択と言えよう。

……。

むくりと、ソフィアは上半身を起こす。

そしてきょろきょろと周りを見回し、誰もいないことを確認してから再びハナコにベッドイン。

「それじゃ……お言葉に甘えて」

誰に言われたわけでもないのにそう言って、いざ夢の世界へ再び……。

こんこん。

「ソフィア様、起きられてますか？」

「は、はい！　どうぞ入ってくだ……じゃなくて、入っていいわよ」

「失礼します」

がちゃりと、クラリスがカートをついて入室してきた。

猫耳ぴくぴく、尻尾ふりふり。今日もクラリスはもふ可愛い。

そんなクラリスは、ハナコに寄りかかるソフィアの姿を見て頭を下げた。

「申し訳ございません、起こしてしまいましたか」

「ううん、大丈夫！　さっき目覚めたばかりで、そろそろ起きようと思っていたから」

二度寝を決め込もうとしていたことは咄嗟に伏せた。

なんだか反射的に、後ろめたい気持ちが胸に湧いたから。

「なるほど、そうでしたか。では、朝食の準備をさせていただきますね」

「ちょう、しょく……？」

生まれて初めて聞いた言葉みたいに言うソフィア。

クラリスが怪訝そうに眉を顰める。

「何故、きょとんとしているのですか？」

「三食もご飯を食べていいのですか……？」

「え……？」

ソフィアの反応に、さすがのクラリスも面食らうのであった。

◇◇

「いいですか、ソフィア様。基本的に当家では朝昼夜の一日三食が基本です」

「な、なんと豪勢な……」

「……普通では？」

三食もご飯を食べられるなんて！

と目を輝かせるソフィアとは対照的に、怪訝な表情をするクラリス。

「そういえば、私以外の家族や使用人の皆は二食か三食だったわ……」

自分の食事に関してはもはや一日一食が当たり前すぎてすっかり意識の外だった。

昨日の夕食といい、今後は美味しいご飯が一日に三度も味わえると思うと、それだけでこの家に嫁いできてよかったと心底思い……。

そっと、頭に優しい感触。

不意にクラリスが、ソフィアの頭を撫で撫でした。

「……クラリス？」

「あ……大変失礼しました、つい」

パッと手を離したクラリスの瞳には、捨てられた子猫に向けるような、憐憫の情が浮かんでいた。

ソフィアが何も言わなければ、そのまま抱き締めんばかりの勢いだった。

床に膝をついたクラリスがソフィアを見上げて。

ソフィアの手にそっと自分の両手を重ねてから、クラリスは言う。

「これからはどうぞ、お腹いっぱい食べてくださいね……」

「う、うん……ありがとう？」

なんだか盛大に同情されているような……気のせいだろうか。

ソフィアは、自分を可哀想だと思っていない。

魔力の高さ低さが地位や己の存在価値に匹敵するフェルミにずっといたから、ソフィア自身、自分の境遇は自業自得だと思っていた。

魔力ゼロで生まれてきた自分が全て悪いのだ、という風に。

だがそんな常識はここエルメルでは存在しない。

クラリスにしてみれば、こんな年端もいかない少女が一日に一食しかご飯を食べさせてもらえなかっただなんて……と胸が痛くなるのも無理はない。

人族よりかは野生に近い、獣人族の血が疼く。彼女の痩せ細った身体が象徴として目の前にあるのも相まって、クラリスはソフィアに対し母猫のような強い庇護欲を抱いていた。

「私にできることがありましたら、なんでも仰ってください」

改まってクラリスが言う。

「じゃ、じゃあ、お耳を触ってもいい？」

「ぶれませんね……」

苦笑しつつ、クラリスはソフィアに自分の耳を差し出すのであった。

至福の耳もふタイムの後、何やら気合の入った手つきでテーブルに朝食を並べるクラリス。

朝から猫耳をもふれてご満悦なソフィアがその様子を眺めている。黄金色のトーストに、とろとろそうなスクランブルエッグ、ほかほかと湯気が立つスープ、それに……。

「あ、キャベツ……」

馴染み深い食材がたっぷり入ったサラダに思わず呟く。

「アラン様から、必ずキャベツのサラダを持っていくようにとお達しを受けまして」

「アラン様が？」

思い出す。

――野菜の中では、何が好きなのだ？

――強いて言うなら……キャベツ？

昨晩の、ほんの些細なやりとりを覚えてくれていたのだろう。

些細だけども、ちゃんと自分を見てくれているような気がして胸がきゅうっと嬉しい声を上げる。

「ふふっ……」

クラリスがそばにいるのも構わず、だらしなくにやけてしまうソフィアであった。

◇

朝食後。再びハナコにダイブしてもふもふ二度寝……するほど睡眠時間が足りていないわけでもなかったので、ソフィアは活動開始することにした。

とはいえ特に何か言いつけられているわけでもないので、これといってすることはない。今まで何かしら仕事を投げつけられあくせく働いていたため、自分の時間を考える余地などなかった。

いざ手に入れた自由だが、想像よりも自分の中に『これをしたい！』というものがなくて愕然とする。なんてことを考えていると、クラリスが「今日のご予定ですが」と口を開いた。

「午後の三時から裏庭にて、アラン様と精霊魔法の訓練をしていただきたく存じます」

「訓練！」

一転、水を得た魚のように目を輝かせるソフィア。

「訓練と聞いて嬉しそうにする人は初めて見ました」

「一度もやったことなかったから、ちょっとした憧れがあったの」

祖国であるフェルミでは、魔力量のテストを終えた後は基本的に魔法学校に入学することが義務付けられる。それぞれの魔力量に合わせて分けられたクラスで日夜、一人前の魔法師になるべく座学や実践的な訓練をするのだ。

妹のマリンも学校でよく家を空けがちだったことを覚えている。

一方のソフィアは魔力量がゼロだから、魔法学校に入学する必要はなしと不名誉な判断をくだされ、実家に幽閉される運びとなった。

普通なら学舎（まなびや）に通い、同世代の子たちと一緒に厳しくも楽しい青春時代を送るはずが家で奴隷のような日々を送る羽目になったため、訓練と聞いてつい嬉しくなったのである。

「ちなみに、訓練までの時間は？」

「昼食が一三時に。それ以外は特に予定はございません」

「なるほど……」

昼食までの五時間が暇なことが確定してしまったが、何かしら予定ができたため気分的には少し楽になった。

「じゃあ、昼食までもう一眠りしようかしら」

「食べてすぐ寝てはお太りになりますよ？」

「やっぱり起きておくわ」

「いえ、ソフィア様はもっと太るべきです……が、食べてすぐ寝るのはあまり身体にはよろしくないので、起きておくことをお勧めいたします」

「うっ……そう言われると二度寝はまたの機会にした方がよさそうね」

ソフィアがちょっぴり残念そうにため息をつくと、クラリスは言った。

「お昼までお時間があるようでしたら、せっかくですし屋敷内を案内いたしましょうか？」

「え、行きたい！　屋敷の中を大冒険！」

「そんな大層なものではないですが」

というわけで、クラリスの案内で屋敷内を散策することになった。

◇

「こちらが調理室、そしてこちらが使用人の控室。この先にある奥の部屋が……」

クラリスの案内で、ソフィアは屋敷内を散策していた。

アランの邸宅は広く、どこにどんな部屋があるのかを一度で覚えるのは不可能なほどだった。

「へ、部屋がたくさんありすぎて目が回りそう……」

「全ての部屋を覚える必要はありませんよ。ソフィア様が普段お使いになられそうな部屋は入念に説明いたしますので、そこだけ押さえていただければ」

「わかったわ」

クラリスのありがたいアドバイスに従って、とりあえずは特定の部屋を覚えることにした。

とはいっても食堂や大浴場などは昨日案内してくれて把握していたので、実質の数は少ない。

追加で覚えた方がよさそうなのは客人を迎え入れる応接間、そして……。

「こちらが、アラン様が普段、政務を行っておられる執務室でございます」

「アラン様の……」

他の部屋よりも一際大きく仰々しい装飾がなされた扉。

（この中に、アラン様が……）

そう思っただけで、胸の奥がとくんとくんと高鳴った。

「……ちなみにアラン様は現在、王城にて会議をしておられるので、こちらにはいらっしゃいません」

「あ、そうなんだ……そうなのね……」

しょんぼり。わかりやすく肩を落とすソフィアを見て、クラリスは微笑ましい気持ちになるが表情には出さない。

「心配しなくても、午後には会えますよ」

「うん……そうね、そうよねっ」

元気が帰ってきたソフィア。

わかりやすく声を弾ませるソフィアを見て、クラリスは思わず小さく笑みを浮かべてしまう。

屋敷内の案内は続く。途中、すれ違った使用人たちはソフィアの姿を見て一様に廊下の隅に避け、頭を下げたり、挨拶をしてくれる。

（なんだか、新鮮な感覚ね……）

というよりも、あり得ない光景だった。

実家では使用人とすれ違っても挨拶や礼なんてなし。それどころか、わざと肩をぶつけてきたり聞こえるように陰口を叩いてきたりと、海水もびっくりな塩対応だった。

（本来はこれが普通、普通……）

昔いた場所と、今いる場所は違う。

（早く慣れないと……）

意気込むソフィアだったが、それはさておき。

（さっきの方はうさぎ耳……あの方は猫耳……ふおおおお狐耳まで！）

この屋敷で従事している使用人たちの獣族率が高いことに、ソフィアは抑えきれない興奮を覚えていた。なるべく平静を装っているつもりだが、知らず知らずうちに興奮が身体に浮き出てしまっているかもしれない。

「ソフィア様？　先ほどから鼻息荒いようですが、お疲れですか？」

「あっ……これは違うの、もふもふがすごくてちょっとテンションが上がっていただけ」

「……？　よくわかりませんが、お疲れでしたら遠慮せず仰ってくださいね」

正直に明かせば、すれ違い様に一人ずつ呼び止めてふわふわそうなお耳や尻尾をぜひともさわさわさせていただきたく存じるソフィアだったが、そんなことをしては気でも触れてしまったのかと思われかねないので頑張って我慢。

でもいずれ、どこかのタイミングでぜひとも仲良くなりたいと思うソフィアであった。

ここの使用人の皆さんだったら仲良くなれそうという、純粋な意味で。

もふもふ触りたさはちびっと……いや多少、ううんそれなりにあるけども。

「こちらが図書の間です」

「図書の間……」

クラリスが通してくれた一室に、ソフィアは心を奪われた。

カカオを薄めたような紙の匂い、森奥の泉のような落ち着いた雰囲気。

自分の部屋と同じくらいの空間に、かなりの冊数の本棚がずらりと並んでいる。

（そういえば……子どもの頃はよく、お母様に絵本を読み聞かせてもらっていたわね）

魔力ゼロ事件の前の話だ。

まだ優しかった母メアリーの話すたくさんのお伽話に、ソフィアは夢中で聞き入っていたものだ。

「……本、好きかも」

思わず呟いていた。

「何か、お読みになりますか？」

クラリスが尋ねてくれたが、ソフィアは首を振った。

「ううん、今はいいわ。ありがとう」

ここで本を読み始めてしまったらあっという間に時間が過ぎ去ってしまう。

なんとなく、そんな気がした。そうなるとクラリスに迷惑をかけてしまうので、また後日、時間のあるタイミングで訪れようと思った。

明日には足を運んでいる可能性が濃厚だが。

「気になった本を何冊か、部屋に持ち帰ってお読みになってもよろしいですよ？」

「いいの？」

「ええ。アラン様の夫人になられた以上、この図書の間の本は自由にしていただいて構いません」

「なんと素敵な……ありがとう、じゃあお言葉に甘えて……」

ソフィアは入り口に近い本棚の前に立ち、ざっと本のタイトルを眺め気になった一冊を手に取った。

「こちらですね、受け取ります」

「あ、ありがとう……」

自分で部屋に持っていこうとしたが、さりげなくクラリスが引き取る。

（こんな楽をして、いいのかな……）

そんな罪悪感を抱いているなんて、クラリスは露ほども知らなかった。

「さて、これで一通り回り終えました」

屋敷をぐるっと回って、エントランスに戻ったタイミングでクラリスが言う。

「案内ありがとう、クラリス。とても丁寧でわかりやすかったわ」

「いえいえ、それが仕事ですので」

相も変わらずクールに言ってのけるクラリス。

「それではソフィア様、これより昼食を……」

その時だった。

「おや、貴女は……」

ソフィアでもクラリスでもない、第三者の声が廊下に響いた。

振り向く。視線の先に、すらりと細い男性が立っていた。

クラリスが軽く頭を下げる。

その姿を見るに、べらぼうに地位の高い者ではなさそうだと考えた。

年はソフィアよりもひとまわり上くらいだろうか。

どこか少年ぽさを残した整った顔立ちに、ソフィアよりも頭ひとつ分は高い背丈。

青みがかった濃い色の髪は長めで前髪を両サイドに分けている。

目元には知性を感じさせる眼鏡（めがね）がかけられており、執事服のような黒いスーツを着用していた。

そして何よりも目を引くのが……。

「ツノ……しっぽ……」

「はい？」

相手が誰なのか、よりも先に人族にはついていないオブジェクトが気になった。

額の上らへんから伸びている鋭い一本ツノ。

腰からは筆先のようなふさふさの尻尾が伸びている。

「ユニコーン？」

一本ツノに尻尾。この二つが満たす生き物は、ソフィアの中ではそれしか思い浮かばない。

「そうですね、モーリス様はユニコーン族でございます」

「やっぱり……!!」

ということは。

擬人化モードを解いたら、それはそれはもう立派なもふもふに変身するに違いない。

ソフィアのボルテージがグイーンと上がった。

「あの、自己紹介をさせていただいても？」

「あ、はい！　お願いします」

ソフィアが言うと、モーリスは眉を顰めながらも言葉を並べる。

「初めまして、アラン様の秘書を務めさせていただいております、モーリスと申します。以後、お見知りおきを」

「秘書……」

言われて、色々と納得がいく。アランは一国の軍務を統括する多忙の身だ。

むしろ雑務をこなしてくれる者がいない方が不思議だろう。

「失礼ながら、貴女はアラン様の奥様となられたソフィア様とお見受けいたします。合っておりますでしょうか？」

「はい。昨日よりお邪魔させていただいておりますソフィア、と申します。これからどうぞよろ……」

「ソフィア様、敬語」

「……よろしく頼むわ」

（うう～慣れない……）

意識しないとすぐに敬語に戻ってしまう。

「……なるほど。噂通りのお方ですね」

眼鏡を持ち上げながらモーリスが言う。

（一体、どんな噂だろう……）

気になっていると、クラリスが口を開いた。

「モーリス様、ソフィア様のご昼食の準備がありますので、そろそろ」

「なるほど、失礼いたしました。教えてくれてありがとう、クラリス」

モーリスが微笑みを浮かべて言うと。

「お気になさらず、仕事ですので」

心なしか、クラリスの声色の温度が低くなったような感じがした。

「ではソフィア様、私はこれで。引き止めてしまい申し訳ございません」

「構わないわ。ちょうど時間が空いたところだったの。お仕事、頑張ってね」

ソフィアが言うと、モーリスは一瞬驚いたように目を丸めたが、すぐに表情を戻して。

「身に余るお言葉でございます」

恭しく一礼して、その場を去っていった。

（なんだか……摑みどころのない人だなあ……）

そんな印象を、ソフィアはモーリスに対して抱いた。

隙がない、とも言うべきか。

軍務大臣の秘書ということで仕事はバリバリにできるのだろうけど……それ以外の印象は、こちらもとんでもない美青年ということと、ツノと尻尾しか残っていない。

なんとなくだけど……彼とはこれからも、どこかで関わり合うような気がした。

そんなことを考えるソフィアにクラリスが言う。

「そろそろお昼の時間です。参りましょう、ソフィア様」

「わかったわ」

先導するクラリスの後ろを、ソフィアはひよこのようについていった。

ランチタイムが至福の時間であったことは言うまでもなかった。

海の幸をふんだんに使ったシーフードピザやキャベツサラダに舌鼓を打ち、しっかりとエネルギーを蓄えて迎えたアランとの精霊魔法の訓練の時間。

これまためちゃくちゃ広い屋敷の庭にて、ソフィアはアランと二人きりになっていた。

クラリスは「二人でごゆっくり」と離れた場所で待機している。

「この間の説明の繰り返しにはなるが、もう一度おさらいしておこう」

アランはそう言って、指を二本立てる。

「世界には二つの力がある。なんだったか、覚えているか？」

「魔力と……精霊力、でしたっけ？」

「正解だ。よく覚えていたな」

アランが満足そうに頷く。

「えへへ……」

些細なことかもしれないが、アランに褒められたことにソフィアは喜色を表情に浮かべた。

「次に、君の国では、魔法はどうやって発現させると習った？」

「魔法学校で学んだわけではないので細かい部分は朧げなのですが……」

記憶の糸をたぐり寄せてから、ソフィアは説明する。

「自分の中にある魔力を捉えて、世界に具現化させたい現象……水や風、炎などをイメージして放つ、といった感じだったかと」

「なるほど。精霊魔法の発現方法については、後半部分の具現化させたい現象に関する部分は同じだ」

「そうなんですね」

「ああ、違うのは前半部分で、〝自分の中にある魔力を使う〟魔法に対し、精霊魔法は〝空気中にいる精霊に力を借りて〟使うものだ」

「精霊の力を借りて……」

「そうだ、例えば……」

アランが手を掲げて言葉を紡ぐ。

「炎の精霊よ……ファイアボール」

瞬間、アランの掌に拳大ほどの火の玉がボッと現れた。

「わわっ……すごい……!!」

アランの掌の上でメラメラと燃えるファイアボールにソフィアが目を輝かせる。

自分には炎も水も、風も土も生み出せる魔力はない。

だからこうした、人智を超えた力を生み出せる人に尊敬の念を抱いていた。

……自分に対して嫌がらせの手段として使ってくる人は例外だけども。

「消す時には消えるイメージを浮かべれば消える。なんら難しいことはない」

言うと、アランの掌から火の玉が消え失せる。

「実演していただきありがとうございます。質問よろしいでしょうか?」

「問題ない」

「詠唱……というんですかね?　炎を出す前に言っていた言葉には何か決まりはあるのでしょうか?」

「詠唱はあくまでもイメージを明確にするための補助に過ぎない。だから、各々の好きに決めていい。慣れてきたら無詠唱でも可能だ。大事なのは、〝精霊から力を貸していただく〟という、感謝の気持ちだ」

「感謝の気持ち……」

やってみないとピンとこないところではあったが。

なんとなくわかるような、少なくとも自分と相性が良さそうな感覚な気がした。

「では、同じようにやってみるか」

「いいいいきなりですか……!?」

唐突な実践形式にソフィアは狼狽える。

「私に……できるでしょうか？　もし失敗してしまったら……」

実家では、失敗は何よりも許されない最悪の所業だった。

仕事にしろ家事にしろ、失敗したらすぐに罵倒と暴力が待っていた。

故にソフィアにとって、失敗は何よりも怖いことだった。

今まで一度も試したことのない、人智を超えた力による奇跡の発現となればなおさらだ。

自分の魔力がゼロだとわかって、周りから失望されて、無能だの役立たずと言われ続けて。

途方もない無力感と、完膚なきまでに叩き潰された自己肯定感が、ソフィアから挑戦する気力を奪い去っていた。

（もし何も出なかったら……アラン様に失望されたら……期待外れだとガッカリされたら……）

考えただけで息が止まりそうだった。

だがそんなソフィアの怯えを、アランは一蹴する。

「別に、失敗してもいい」

ソフィアの驚きに見開かれた瞳がアランを見上げる。

「そもそも今まで一度もやったことのないことを最初からできる者はほとんどいない。失敗して当たり前だ。大事なのは失敗を恐れず、とりあえずやってみることだ。逆に言えば、一番良くないのは失敗を恐れて何もしないこと……」

アランにとってはごく当たり前のことを言っているのだろうが。

今まで失敗が何よりも悪だと思い込んでいたソフィアにとって、その言葉は新鮮と衝撃をもって受け取られた。

「だから、失敗なぞ気にするな。とりあえず、やってみてくれ」

アランの言葉にほんの少し……いや、かなり心が楽になった。

「ありがとう……ございます」

覚悟を、決めた。

「やってみます」

「それでいい。……まあ、心配は無用だと思うがな」

「と、いうと……？」

「君は精霊に愛されているから」

さらりと言うアランの瞳は確信に満ちていた。

一に一を足すと二になるという、当たり前の式を前にしているかのような確信。

ソフィアの胸の奥で、前向きな気持ちが芽生える。

「火は危ないから、水で試してみるか」

「はい」

細かな心遣いに口元がにやけそうになるのを抑えて、手を合わせる。
誰かに願いを伝える際の、祈りのポーズ。
「俺は少し距離を取る。俺のことは気にせず、とりあえず集中してみてくれ」
「わかりました」
アランの気配が薄くなると同時に膨れ上がる、自身の気持ち。
（アラン様の期待に応えたい……）
その一心で、目を閉じる。
そして、辺りに意識を集中させる。
（…………いる）
それは、完全に感覚だった。
理屈じゃ説明できない。
温かくて、柔らかくて、でも少しひんやりしているような……。
朧げだが、確かな気配を感じた。
集中すればするほど、ふんわりとした感覚は徐々に輪郭を表してくる。
（水の精霊さん……どうか……）
祈る。そして、唱える。
（ウォーターボール!!）
集中しすぎて言葉にすることを忘れていたが、確かにソフィアは念じた。

水の玉を発現させてほしい、と。

……。

…………。

……………。

「…………あれ？」

目を開ける。

きょろきょろと見回すも、水はどこにも生じていない。

掌を見てみるも、自分の汗で少し湿っている程度だ。

ソフィアの胸にずんっと、『失敗』の二文字が浮かび上がる。

その時だった。

「ソフィア!!」

離れて見ていたアランが大きな声を上げる。

怒られた、と思ってソフィアの肩がびくりと震えた。

「ごめんなさいアラン様……私、失敗して……」

「違う！　上を見ろ！」

……上？

反射的に首を上げ、絶句した。

「……!!」

空が、歪んでいた。いや、歪んで見えたのは、視界に映る範囲いっぱいを覆うほど大量の水が突然、自分の頭上に発生したからで……。

「その場から離れるんだ！　ソフィア‼」

アランの大声も虚(むな)しく、浮力を失った水の塊がぐらりと揺らぎソフィア目がけて降り注いだ。

ざばばばばばばば――――――ん‼

「きゃあああああああああぁぁぁぁぁぁ！！！？？？」

突如として降りかかってきた大量の水にソフィアは悲鳴を上げた。

「あぶっ……‼」

しかしその悲鳴はすぐにかき消される。

よっぽど水が多すぎるのか、もしくは絶え間なく水が雪崩(なだ)れ落ちているのか。

ソフィアはまるで川で溺れたような状態になっていた。

（息が……できないっ……‼）

焦り、慌てふためくも水流で身体の自由が利かない。

このままでは窒息すると直感的に悟る。

なんの前触れもなく降って湧いた死への恐怖に身体の芯が冷たくなった。

（誰か……助け……アラン様……!!）

頭に、アランの顔を浮かべたその瞬間――誰かがソフィアの身体を抱えるように掬った。

重力に逆らうように引き上げられ、視界が開ける。追って訪れる宙に浮かぶ感覚。

「……ぷはっ!!」

息苦しさがなくなって酸素を肺に取り込む余裕ができる。

視線を上げると。

「おい無事か、大丈夫か!?」

硬そうな鱗に覆われたスマートな顔立ち、黄色く光る双眸。

竜人モードのアランが焦った様子で声を上げていた。

「な……なんとか大丈夫です……」

「……そうか、なら良かった」

竜人モードのため表情の変化はわからないが、声色からホッとしているようだった。

自分の身を即座に案じてくれたことに、ソフィアの胸の辺りが温かくなる。

アランは背中から伸びた大きな翼をバッサバッサと上下に振るって空を飛んでいて、両手でお姫様抱っこをするように抱えられたソフィアも上空から地上の様子を窺（うかが）えた。

見ると、自分がいた場所の数メートル上空から、今もなお大量の水がドドドドと流れ出ている。

何もない空間から滝のように流れ出る水、というのはとても異様な光景だった。

「あれ……私がやったんですか？」

「ああ、紛れもない君の力だ」

落ち着いた声でアランはそう言うが、未だに実感がなかった。

あんな量の水を一度に大量発生させられるなんて、フェルミほどの凄腕（すごうで）の魔法師でも不可能だ。

だがそれを、実現した。

魔力がゼロだ、無能だと言われ続けた紛れもない自分が。

俄には信じがたいことだった。

「まずはあの水を止めないとな。じゃないと、屋敷が沈没する」

「ああっ、そうですよねそうですよね……!!　えっと……」

——消す時には消えるイメージを浮かべれば消える。

先ほどのアランの言葉に従って、イメージする。

目を閉じ、手を合わせて祈る。

(水の精霊さん……水を、止めてください……)

変化は一目瞭然だった。

潮がさーっと引いていくように、あれだけ大量発生していた水がぴたりと止んだ。

「……初めてでこれか、途方もない才能だ」

アランの小さな呟きは、水を止めることに集中していたソフィアには聞こえなかった。

「これで……良い、ですかね？」

「ああ、上出来だ」

問題が解けた子どもに向けるようなアランの優しい言葉に、ようやくホッとするソフィア。

そして今更ながら、アランにお姫様抱っこをされていることに対する羞恥心が湧いてきて、ソフィアはみるみるのうちに顔をりんご色に染めてしまうのだった。

◇◇

「大変申し訳ございませんでした……」

地上に降りてくるなり、ソフィアはびしょ濡れの地面に手足頭をつけ誠心誠意の謝罪を敢行した。

「……何に対しての謝罪だ？」

訝しげに眉を顰めたアランが尋ねる。

「私のミスで、お庭を……そしてアラン様をびしょ濡れにしてしまいました……」

ソフィアが発生させた大量の水は庭の隅々まで行き渡り、あらゆる箇所を水浸しにしていた。

幸いにも庭が広大なおかげで浸水している場所は見当たらなかったが、綺麗に植えている花などには明らかに水分過多な状態である。

加えて、自分なんかを助けるためにアランすらもびしょびしょにさせてしまった。

明らかに自分の失態だ。ソフィアは反射的に怒られると思い怯えながら頭を下げた次第だった。

「なんだ、そんなことか」

しかしアランには怒る素振りなど一切ない。

それどころか膝をついて、ソフィアに手を差し出した。

おもてを上げたソフィアは、恐る恐るその手を取る。

ゴツゴツとした力強い感触が伝わってくると同時に、優しく立たされた。

「何も気にすることはない。そもそも好きにやってみろと言ったのは俺なのだ。君がどのような結果をもたらそうと、君に非は一切ない」

アランの言葉に、ソフィアは鳩が豆鉄砲を食らったような顔をする。

「……何をそんなに驚いているのだ？」

「あっ……いえ……その……意外でした」

「意外？」

「絶対に怒られると……思っていたので」

ソフィアは微かに、肩を震わせていた。

しかし同時に、そこはかとなく安堵しているようにも見えた。

アランは思考を巡らせる。

ソフィアのこれまでの境遇をアランは情報として把握している。しかし実のところ、実家でどのような扱いを受けて、何をされていたのか、具体的なところは知らない。

だがこの……ソフィアの怯えようと安堵を見た限り、容易に想像ができる。

アランの拳に思わず、力が籠もる。

同時に、ソフィアに対し庇護欲にも似た感情を抱いた。

「そう怯えなくていい」

ぽんぽんと、アランは優しくソフィアの頭を撫でる。

「君のいた場所が、おかしかったんだ。ここには、君に対し危害を加える者も、悪意を持って接する者もいない。だから安心しろ」

アランの言葉に、優しい感触に。

ソフィアの心のこわばりが少しずつ和らいでいく。

「……はい、ありがとうございます。それから、お気を遣わせてしまい申し訳ございません」

「気にするな。それから……」

真面目な表情で、アランは続ける。

「昨晩の繰り返しになるが、まずはその謝り癖を直さねばな。反射的になんでもかんでも自分が悪いと思い込むのは、自分にとって大事な自信も、勇気も、主張も奪い去ってしまう」

その言葉に、ソフィアはハッとする。

確かに自分は、何かあったら全部自分のせいにして、すぐに謝罪の言葉を口にしていた。

そうすることが一番、相手の機嫌をそれ以上損ねず、痛い目も最小限に抑えられる術だと思っていたから……。だけどその癖はアランの言うように、自分にとって大事なもの……特に自己肯定感をゴリゴリと削っていってしまう。

そのことに、気づいた。

「はい、申し訳……なんでもありません」

「少しずつ、な」

クルル、とアランが喉を鳴らす。

竜人モードのためどんな表情かはわからないが、どこか上機嫌のように感じた。

それにしても……。

「そのお姿を見るのは、久しぶりですね」

ソフィアの言葉に、アランがハッとする。

「すまない、怖がらせてしまったな。すぐに人間の姿に戻る」

「ええっ、今のままでも大丈夫ですよ」

「……怖くないのか？」

「怖くなんかないです、かっこいいです！」

むふー！

と胸の前で両拳を握り締め目を輝かせるソフィアを見て、アランは目を丸める。

「君は……変わってるな」

「そう、でしょうか？」

ちょっぴり動物好きな部分はあると思うけど、変わり者という自覚のないソフィアが首を傾げていると。

「アラン様、ソフィア様、これを」

いつの間にか二人分のバスタオルを手に、クラリスがやってきた。

「それで、その……私の力は、どうでしたでしょうか？」

クラリスにわっしゃわっしゃとバスタオルで身体を拭かれるソフィアがアランに尋ねる。

自分で身体を拭きながら、アランは口を開く。

「想像の遥か上、と言って差し支えない」

「えと……ご期待には沿えた、という事でよろしいでしょうか？」

「期待以上の以上、そのまた上だ」

まるで、後世に語り継がれるレベルの神童を前にしたように。

その声には、興奮が宿っていた。

「昨晩、ソフィア様に水の精霊魔法をお見せいたしましたよね？」

「うん、水を入れてくれたやつよね」

「そうです。私も平均的な精霊力を持っているのですが……それでも、一度に生じさせられる水は、あの量が限界なのです」

「……と、いうことは」

「そういうことだ」

言いながら、アランがお腹周りの水気を拭うために服を脱いだ。

綺麗に六つに割れた、鍛え抜かれた腹筋が露わになる。

突如として姿を表した逞しい男の象徴に、ソフィアの思考はあさっての方向に吹っ飛んでいき代わりに視線が釘付けになった。

「単純な量で言うと、平均的な精霊力の何千倍……いや、何万倍もの力を保有していることになる。正直俺も、君がここまで強大な精霊力を持っているとは思っていな……聞いているのか？」

「はっ、ごめんなさい！　少しぼーっとしていました」

頭を振って、ソフィアは思考を切り替える。

「……無理もない。今までフェルミでは、こういった力は使えなかっただろうから、突然……それも、桁違いのレベルの力を使えたとしても実感はないだろう」

口が裂けても腹筋に見惚れていましたなんて言えまい。

「それも、イメージの強化に必要な詠唱もなし。本来、無詠唱で力を発現させるのは非常に困難な芸当なのだ。それを、一発目で成功させるとは……」

「あ、詠唱は単純に忘れていました……」

「……驚異的、とはまさにこのことだろう」

想像の遥か上、期待以上の以上、そのまた上、驚異的。

アランの評価をすぐに受け入れられるほどの実感は、ソフィアにはなかった。

今まで自分に投げつけ続けられた言葉は、それらとはまるで正反対だったから。

でも……。

「何はともあれ、お役に立てそうで……良かったです」

えへへと、ソフィアがはにかむ。

アランの反応を見れば、少なくとも自分が全くの役立たずでないことはわかる。

それが何よりも、身が震えるほど嬉しかった。

この力を使って、誰かの役に立ちたい。アランの役に立ちたい。

ソフィアはそう、強く強く思った。

「風の精霊よ……ウォーム・ドライウィンド」

クラリスが唱えると、ぶわわわーっとソフィアを温かい風が包み込む。

タオルである程度乾いた体の水気がさーっと引いていく感覚が心地よい。

ものの数十秒ほどで、ソフィアの身体はすっかり乾いた。

「ありがとう、クラリス」

「どういたしまして」

ほっこり落ち着いたソフィアに、アランは言う。

「あとは力の制御……どの場所にどのくらいの出力で、どのくらいの量の力を発現させるのか、そのあたりを重点的に練習すれば、思った通りに力を使うことができるだろう」

「うっ、そうですよね……今のままじゃ、使い勝手が悪いですよね……」

今回は水の精霊魔法だったから良かった。

だがもし火とかだったら……エラいことになっていただろう。

「心配しなくても、君には才能がある。力の制御も、そう時間もかからずできることだろう」

才能がある。そう言われすんなりと受け入れるほど自信があるわけじゃない。

だけど、アランに言われたら……できる気がした。

根拠はないけど、ソフィアのアランに対する信頼感がそうさせていた。

何よりも、アランの期待に応えたい……褒められたい。

そんな思いが、ソフィアにやる気をもたらした。

「よしっ」と、胸の前で拳をぎゅっと握って意気込むソフィア。

「では、今から練習をします！」

「……今からか？」

アランが呆気に取られたように言う。

「はい！　一刻も早くアラン様のお役に立てるよう、迅速に力の制御をできるようになり……って、あら……？」

急に、視界がぐらりと傾いた。ふっと全身から力が抜けていく感覚。

「ソフィア様⁉」

クラリスのかけ声虚しく、ソフィアの身体は地面へと……。

倒れる寸前、アランに優しく抱き止められた。

屋敷内の廊下。これから練習を頑張るぞと意気込んだ矢先、急にぶっ倒れたソフィアをアランがおんぶで部屋に運んでいる。

その後ろを、クラリスがついてきている。

「うう……身体に力が入りません……」

アランの背中で、ソフィアは呻くように呟く。

「今まで使ったことのない力を急に使ったのだ。身体に相当な負荷がかかって、力が抜けたのだろう」

「ご迷惑をおかけします……」

「気にするようなことではない」

ちなみに現在のアランは、おんぶだと鱗が当たって痛いだろうという理由で人間モードに戻っている。安心感のある広い背中と、落ち着く温もり。それに、どこか甘い良い匂いもする。

精霊力を使って疲労困憊のソフィアにとって、恥ずかしさを通り越して心地よい多幸感をもたらす状況だった。

「時間はたっぷりある。練習は焦らず、ゆっくりとしていけばいい」

「ありがとうございます……」

「夕食は食べられそうか？」

「夜ご飯は……食べたいです」

「わかった。なら、君の部屋に持っていかせよう」

「……ありがとうございます」

本音を言うと夕食はアランとご一緒したかったが、我儘は言っていられない。

三食ご飯を食べられるだけでも万々歳といったところだろう。

自室に戻るなり、ベッドに寝かされる。まるで壊れ物を扱うかのような丁寧さに、（大切にされてるんだ……）とよくわからない感情を抱いた。

今まで人に優しくされた経験が少ないソフィアにとって、アランの優しさは嬉しくはあったが、同時に戸惑いを覚えていた。

（……なんでアラン様は、こんなに優しくしてくれるのだろう……）

この結婚は契約的なもので、愛はないはずなのに。

アランが誰に対しても誠実で、優しい性質の持ち主だというのは見ていてわかる。

だけど、自分に対して向けている優しさは、他の人に向けているものとは違うような気がした。

……なんてことを本人に直接尋ねる勇気もなく、ソフィアはアランにされるがまま布団を被せられる。

「クラリス、あとは任せた」

「かしこまりました。ソフィア様を運んでいただき、ありがとうございます」

「気にするな。バスタオル、とても助かった。感謝する」

「とんでもございません」

恭しく、クラリスは頭を下げた。

「俺は公務に戻る。君はゆっくり休むといい」

「ありがとうございます……あ、あの……アラン様」

「なんだ？」

「名前ではもう、呼んでいただけないのでしょうか？」

それは、ふとした問いだった。

「……名前」

「私が誤ってたくさんのお水を出してしまった際、アラン様は私のことを……ソフィアって、呼んでくれました」

それ以外は、ずっと『君』。

なんだかよそよそしさというか、距離感があってちょっぴり引っかかっていた。

「できれば、いつも名前で呼んでほしく思います。その……夫婦なんですし」

言ってて、なんだか気恥ずかしくなった。

頬を朱に染めたソフィアが口元まで布団を覆う。

そんな彼女に、アランは申し訳なさそうに頭を下げた。

「すまない、俺の配慮不足だった」

「い、いえ……おこがましいお願いであることは重々承知で……あうっ」

ぱんぽんと、アランに頭を撫でられる。

「おこがましくなんてない」

耳元で囁くように。

「おやすみ、ソフィア」

言われて、恥ずかしさやら嬉しさやらたくさんのプラスの感情が溢れ出てきて。

満面の笑顔で、ソフィアは応えた。

「はい、おやすみなさいませ、アラン様」

そんな二人のやりとりを、クラリスはどこか微笑ましげに眺めていた。

「…………ふ――」

ソフィアの部屋を出てアランは深く息をついた。

それから先ほど、彼女自身から呼んでほしいと言われた四文字を、改めて言葉にする。

「……ソフィア」

胸の辺りで、じんわりと温かくて、優しい感覚が到来する。

胸だけではない。顔の温度さえも微かに上昇していた。

その事実に、アランは険しい表情をする。

「…………」

今まで名前で呼ばなかったのは、意図的だった。

名前が持つ力は強大だ。

人と人との距離を縮める手段の中でも、名前で呼び合うというのは強い部類に入る。

故に、ソフィアと必要以上に距離を詰めないよう、呼称を〝君〟としていた。

していたが、ああやって泣きそうな顔で懇願されると……断ることなどできなかった。

そもそもの話。

「予想以上に、強くなってきているな……」

ソフィアに対する思い入れの強さが、である。

ソフィアの一挙動に、ひとつひとつの言葉に、どんどん惹かれていっている自分がいる。

まだ彼女が来て二日しか経っていないのに、だ。

人間の寿命なんぞ比べものにならないほど長い時を過ごしてきたが、これほどまでに自分の感情が乱されるのは、アランにとって初めてのことで。

戸惑いを隠せない、というのが正直なところだった。

「これは……良くない兆候か」

アランが自分自身に課した掟。

『ソフィアを、本気で好きになってはならない』

その掟が、早くも揺らごうとしている。それはアラン自身、予想外のこと。

何百年という時をかけて強固なものになったはずの己の理性が、ひとたびソフィアを前にするとスポンジケーキのような柔らかさになってしまうなど……。

――感情を持っている以上、好きという気持ちはそう簡単に抑えられるものじゃないのよ。

薄々気づいているでしょう?

脳裏に過ぎる、シエルの言葉。それを追い出すように頭をかいた。

今はもう、これ以上考えないようにした。

「気を引き締めねば」

自分に言い聞かせるように言った、その時。

「何やらお疲れのようですね、アラン様」

不意にかけられた声に顔を上げる。

黒いスーツを着こなした、青みがかった濃い髪色の男が眼鏡を持ち上げて言う。

額の上から伸びた鋭い一本ツノ、腰にはふさふさの尻尾。

「モーリス」

「次のご予定がございますので、お迎えにあがりました」

そう言って、ユニコーンのモーリスは恭しく頭を下げた。

思い返せば、彼がアランの秘書として仕えてからも長い時間が経つ。

それこそ、人間の寿命ひとりぶんくらいには。

「…………」

少し考えてから、アランは口を開く。

「モーリス、お前に仕事を頼みたい」

「なんなりと」

「ソフィアに関することなのだが……」

アランが口にした仕事の内容に、モーリスは怪訝な表情をしたものの真面目な表情で応えた。

「かしこまりました。お任せくださいませ」

「頼む」

阿吽(あうん)の呼吸のようなやりとりに、アランは小さく頷くのであった。

「んぅ……」

目覚めると、夜だった。窓の外から差し込む月明かりが、部屋をぼうっと照らしている。

ふかふかのベッドの上で寝返りを打つと、顔をもふっとした感触。

『ソフィア、おはよー』

「……おはよう、ハナコ」

ビッグサイズのハナコに言葉を返す。

しっかりと仮眠を取ったからか、ソフィアの頭はクリアだった。

眠気はない、が……妙に身体が重い。精霊力とやらをごっそり使ったからだろうか、自分の中の何かがぽっかり欠けているような感覚がした。

そのせいで起きる気にもなれず、そのままソフィアはハナコのお腹に顔を埋める。

「はわぁ……幸せ……」

このために生きてきたかのような、至福この上ない感触。

しばらくソフィアは、ハナコの大きなもふもふを堪能した。

『ソフィア、今日なんか疲れている？』

もふっていると、ハナコがどこか心配そうな声色で尋ねてきた。

「んー、今日はちょっとねー、色々あってねー」

『色々ってー？』

「えっとねー……」

精霊魔法とやらを使って、ごっそりと体力が持っていかれた。

なにぶん初めての経験だったから、身体がびっくりしたのだと思う。

といった感じのことを、ハナコにのんびり説明する。

『そっかー、じゃあ……』

のそりとハナコが動いたかと思うと、ソフィアを抱え込むように抱き締めた。

もっふもふの感触が全身を包み込む。

「わわっ、ハナコ？」

『ソフィアにはいつもパワーをもらっているから、僕もたまにはね』

そう言うと、ソフィアを抱き締めるハナコの身体がぼうっと光った。

「え、えっ……なに……？」

戸惑う間もなく、ソフィアの身体に変化が生じた。

「身体が……軽く……？」

先ほどまで妙に重たかった身体が、軽くなっている。

また、ごっそりと何かが抜け落ちたような感覚が消失していた。

直感的にソフィアは、自分の中の精霊力とやらが補充されたのだと悟る。

『うん、これでよし』

ハナコが満足げに言った後、ソフィアを解放してくれる。

「な、何をしたの……？」

『僕の力を、ソフィアに少し分けたんだよ。いつもソフィアが、僕にしてくれていたこと』

「私が……？」

（そんなこと……してたっけ……？）

その時、思い出した。ソフィアが七歳の頃、フェルミの実家にて。

弱っていたハナコがソフィアのもとにやってきて、一晩過ごした翌朝。

『きゅいきゅいっ』と元気な様子で走り回るハナコがそこにいたことを。

（もしかしてハナコは……私のそばにいることで力を補充していた……？）

その力は……精霊力？

一仕事終えたように、呑気に『んんー』と伸びをするハナコに、尋ねる。

「ねえ、ハナコ」

『なにー？』

「貴方って一体、何者なの？」

『なにもの？』

「えっと、どこで生まれたのかーとか……なんで私のところに来てくれたのかーとか」

『んー……』

ハナコは首を傾げて、困ったように言う。

『どこで生まれたかは、よくわかんない。なんだかぼんやりしてて。気がついたら、あっちこっちをふらふら彷徨（さまよ）っていた、かな』

「そう、なんだ……」

『でも、なんでソフィアのところに来たのかは、わかるよ』

「え、なになに？」

ごろんっと、ハナコがソフィアに身を擦り寄せて言った。

『ソフィアが、そう望んだからだよ』

「私が……？」

ソフィアが首を傾げたその時。コンコンとドアのノック音。

「ソフィア様、起きておりますか？　夕食をお持ちいたしました」

クラリスの声が聞こえてきた。

◇◇

衣がさくりと音を立てたかと思うと、カニクリームが口の中をとろりと彩る。

クラリスが運んできた夕食は、今日も今日とて、とても豪勢なラインナップだった。

今しがた食べたカニクリームコロッケを筆頭に、鶏肉のコンフィや明太子パスタ。

毎度お馴染みキャベツサラダもバッチリメニューに入っている。

今日はアランとではなく一人なためか、全体的にボリュームは少なめだった。

「無理に完食なさらないで大丈夫ですからね、今日はお疲れだと思うので」

「ありがとう、クラリス」

とはいえ先ほどの睡眠と、ハナコからの謎のパワーチャージのおかげでコンディションは万全だ。

メニューをひとつひとつ、至福満面の笑顔でソフィアは平らげていった。

しかしその一方で、ソフィアは考え事をしていた。

ベッドの上ですぴーすぴーと寝息を立てるハナコを、ちらりと見やる。

（私が望んだから……ハナコは来てくれた）

先ほどハナコが言っていた言葉が、妙にひっかかっていた。

「ソフィア様、いかがなさいました？」

「え？」

「パスタにフォークを差し込んだまま、ピクリともお動きにならないので、どうしたのかと」

「あ……ああっ、ごめんなさい、少し考え事をしていたわ」

くるくるとフォークを回し、明太子パスタを口に運ぶ。

ピリリとした辛味と、明太子のプチプチ感。

濃厚なバターソースがパスタと絡み合って、これも本当に美味しい。

…………。

「……ねえクラリス」

「はい」

「精霊、って一体なんなの？」

自分の中の気になる欲が抑えきれなくなって、ソフィアは尋ねた。

「……難しい質問ですね」

顎に手を添え、クラリスはしばし黙考した後、言葉を口にする。

「私にとって精霊は……生まれた時から身近にいる、隣人のような存在です。色々な性格の子がいますが、基本的には気分屋で、のんびりしてて、だけど力を貸してほしい時には貸してくれる、そんな存在……ですかね」

「ふむふむ……」

「……申し訳ございません。おそらく、望んでいる答えではありませんよね」

鋭い言葉にドキッとするが、動揺を悟られぬよう平静を装う。

「う……ううん、ありがとう。参考になったわ」

ソフィアが言うと、クラリスはまた少し考えてから言葉を並べる。

「精霊とはどういう存在なのか……いつからこの世界にいて、どのような性質を持っていて、どんなことができる存在なのか……といった学術的な部分は、未だに解明されていない部分も多々あるのですが……図書の間に、詳しく記載されている本があるかもしれません」

「なるほど……」

それは良いことを聞いた。暇を見つけて、探してみようとソフィアは思った。

「何故、精霊に興味を？」

「興味、というか、気になったというか……」

ハナコの方を見やって、ソフィアは言う。

「ハナコが言ってたの。ハナコが現れたのは、私自身が望んだからって」

「ソフィア様自身が、ハナコ様が現れるのを望んだと？」

「そうらしいわ」

「ふむ……」

また暫し考え込んでから、クラリスは尋ねる。

「失礼なことをお聞きするかもしれませんが……ハナコ様が現れる前、ソフィア様は、困った状況だったりしませんでしたか？　誰かに助けてほしいとか、孤独で寂しい、とか……」

「あ……」

　思い当たる節はあった。

　ハナコは、ソフィアが孤独で部屋で一人泣いている時に、突然部屋に現れた。

「……あの時の私は……一人で、寂しくて……誰かにそばにいてほしいって……そう思っていた……」

「……そういうことですか」

　クラリスの表情が一瞬、歪む。次いでよしよしと、ソフィアの頭を撫でる。

「あの……クラリス？」

「ああ、失礼しました」

　こほんと咳払いしてから、クラリスは説明を続ける。

「精霊は、『願い』や『想い』に呼応します。特に精霊力が尋常ではない、ソフィア様の願いは相当なものだったのかと。それでハナコ様が姿を現した、というのは納得がいきます。精霊がいないはずのフェルミに出現した、というのだけは、気になる部分ではありますが……どこかの地域から迷い込んだ、という可能性は全然あり得ることかと思います」

「なるほど……」

　ソフィアの不安や孤独といった悲痛の叫びに呼応した、と考えると筋が通る話だった。

　……そういえば。

精霊王国エルメルに来て、初めて大浴場に入った際。

これからどうなるんだろう、という不安と孤独の感情を抱いた時、小さくて可愛らしい妖精ちゃんが目の前に現れたような……。

「なんにせよ、ハナコ様はただの精霊ではないことは確かですね」

「ハナコが？」

こくりと、クラリスが頷く。

「そもそも精霊がどのくらい見られるかは、個々人が持っている精霊力と、その精霊自身の力に比例します。力の弱い精霊は基本、精霊魔法を使う際に存在を感じるくらいで、一般人には見ることすらできません。ですが、私程度の精霊力でも常にくっきりと見えるハナコ様は、相当な力を持った精霊かと……」

くああ～っと欠伸(あくび)をして、ごろりんと寝返りを打つハナコを見ていたら、決してそんな風には見えないが……。

怪しい目つきのソフィアに、クラリスは優しい声色で言う。

「何はともあれ……良き友を、お持ちになりましたね」

「うん……それは本当に、そう」

ハナコのおかげで、今まで色々な辛いこと、悲しいことを乗り越えてこられた。

自分にずっと寄り添ってきてくれた、大切な親友。

それだけは紛れもない、事実だった。

◊

「想像以上の力でした」

夜、王城。軍務大臣室で、ソファに座るアランが言う。

「ま、そうでしょうね」

対面に座るシエルは、のんびりと紅茶を嗜みながら頷いた。

「具体的には？」

尋ねてくるシエルに、アランは今日あったことをありのまま説明する。

「ぷははっ……あわや貴方の家が水の底に沈むところだったわね」

お腹を抱えて笑うシエルに、アランは眉を顰めて息をつく。

「笑い事じゃありませんよ」

「『抑制の魔道具』を渡さなかった、貴方の落ち度でしょう？」

「それは否定しませんが……一回、抑制なしでどれだけの力を出力するか、見た方が良いと思いまして」

「わかってるわ。ま、おかげでソフィアちゃんの実力は判明したわね」

満足げにシエルは言う。

「あとは力の制御だけ、って感じかしら？」

「それが難しいのですがね。とはいえ、彼女ほどの才能の持ち主であれば、そう遠くないうちに制御できるようになるかと。本人も練習には積極的なようなので、明日以降、回復してから鍛錬に取りかかる予定です」

「よろしい。ところで、そもそもの話……」

じっと、アランの目を見つめてシエルは問う。

「どうしてソフィアちゃんは、あれだけ膨大な精霊力を持っているんでしょう？」

「……それがわかれば苦労しないですよ」

シエルもアランも、それについて明確な答えを持ち合わせていなかった。代々、精霊がいないはずの土地において、突然変異的に精霊力を持って誕生する人間がいるのはあり得る話だ。

だがソフィアが持つ精霊力のキャパシティは桁違いそのもの。

突然変異にしても、全くの理由なく出現するのは無理のある話というのが、二人の見解だった。

「ただ、ソフィアが連れてきたあのフェンリルの精霊と、なんらかの関係があるように感じます」

「ふうん……」

ニコニコ、ではなく、ニマニマといった笑みをシエルが浮かべる。

「なんですか」

「ちゃんと名前で呼ぶようになったんだ、って」

「……今は関係のない話でしょう」

「ふふ、順調だなーと思って。……話を戻すわ。ハナコちゃんね」

「そうです。そもそも精霊がいないはずのフェルミに、あれだけの力を持つ精霊がいること自体、おかしいかと。それを従者のように従えているのなら尚更」

「そのあたりについて、ソフィアちゃんからヒアリングした？」

「いえ、特には」

「そこは聞きなさいよ」

「聞くタイミングを損ねてました」

「肝心なところで抜けがちよね、アランは」

「返す言葉もない」

そう言いつつも、全く悪びれる様子のないアラン。

何百年もの時を生き、強大な力を持つ竜人が故の感覚だとシエルは割り切るようにしていた。

「まあ、今知らないと何かしら不都合が生じることでもないから、タイミングを見てソフィアちゃんに聞くことね」

「わかりました」

「それ以外にも、ちゃんとコミュニケーションを取ること」

「もちろんです。ソフィアの持つ力を最大限、エルメルに活かすことができるよう、連携を強固にして参ります」

「いや、そういう意味じゃなくて……夫婦としてよ」

「夫婦らしさ、というのはなるべく意識しているつもりですが」

「それならいいのだけれど……妙に心配だわ」

額に手を当てて、シエルはため息をついた。

「まあいいわ。引き続き、ソフィアちゃんに関する報告、お願いね。彼女は我がエルメルにとって、救世主となる力を持っているのですから」

「もちろんです。ちなみに……世界樹の状態は？」

アランが尋ねると、シエルは時間をおいた後微かに目を伏せて言った。

「……良くはない、といったところかしら」

その言葉に対し、アランは険しい表情を浮かべる。

「なるべく早く、ソフィアに力の制御ができるよう尽力します」

「そう急かさなくても大丈夫よ。良くはない、といっても今日明日で何かが起こるってわけじゃないから……まだ、大丈夫よ」

シエルの言葉に、アランは小さく安堵の息を漏らすのであった。

第四章　精霊魔法の訓練

「おはようございます、ソフィア様」

「おはよう、クラリス」

翌朝。

クラリスが大窓のカーテンを開けると、気持ちの良い陽光が身体を包み込む。

起きて早々、身体に仕事スイッチが入りそうになったが、ここが実家ではなくエルメルであることに気づく。

とりあえず、日課である朝のハナコもふもふを堪能するソフィア。

「朝ごはん、ここに置いておきますね」

「ありがとうー、クラリス」

「それからアラン様からの伝言ですが」

「アラン様からっ」

まるで、長らく離れ離れだった恋人から便りをもらったような勢いで上半身を起こすソフィア。

「身体が回復したなら今日の午後から早速、精霊魔法の制御の練習をしようと思うが、どうか。無理はしないで大丈夫だ、とのことです」

ソフィアがその伝言に対しての返答は、言うまでもなかった。

◇◇

「身体は本当に大丈夫か？　無理はしていないか？」

午後、屋敷の広い庭にて。アランに聞かれたソフィアは元気の良い声を返す。

「はい、大丈夫です。美味しいものを食べて、ぐっすりと寝て、ハナコにもパワーをもらいましたし」

文字通りハナコから精霊力をもらったことが大きく回復に繋がっているのだが、そのことにアランは気づかない。

「なるほど。リフレッシュがうまいな、ソフィアは」

「えへへ……」

アランに褒められて、もっと元気になるソフィアであった。

「では、本題に入る。伝言でも伝えた通り、今日から精霊魔法の制御について鍛錬を行っていく。どの場所にどのくらいの出力で、どのくらいの量の力を発現させるのか……実のところ、この制御の部分が一番難しい」

「う……私にできるでしょうか……」

ソフィアの瞳が不安げに揺れる。そんな彼女の頭に、アランは手をのせぽんぽんと撫でた。

「ソフィアなら大丈夫だ。無論、反復練習が必要となってくるが、君ほどの才能なら、すぐに習得することができるだろう」

　心強くも優しい言葉に、ソフィアの口元がきゅっと引き締まる。

　胸の前で拳をギュッと握って、ソフィアは言った。

「やってみないとわかりませんが……できる限り、頑張ります」

「良い心がけだ」

　満足気な言葉と共にもう一度、アランはソフィアの頭を撫でた。

　気持ちよさそうにするソフィアがハッと目を見開く。

「あの、つかぬことをお聞きいたしますが……」

「なんだ？」

「私の鍛錬に、時間を使い切りで大丈夫なのでしょうか……？　とてもじゃないですが、アラン様にそこまでお時間があるようには思えず……」

「……鋭いところに気づいたな」

　バツが悪そうに頬をかきながら、アランは言う。

「本当であれば俺が毎日つきっきりで精霊魔法を教えたいところだが……さすがにそこまでの時間は確保できなかった、申し訳ない」

「そんな、謝らないでください。軍務大臣さんですもの、むしろ時間がある方がおかしいですよ」

「そう言ってもらえると助かる。だが安心してくれ。代わりに、優秀な精霊魔法の使い手を手配した」

アランがそう言うと、黒いスーツを着こなした青みがかった濃い髪色の男がどこからともなく現れた。

「モーリスさんっ……!?」

「昨日ぶりです、ソフィア様」

額の上から伸びた鋭い一本ツノ、腰にはふさふさの尻尾。

ユニコーンのモーリスは眼鏡を持ち上げた後、深々と頭を下げた。

「本日よりソフィア様の精霊力の訓練係を務めさせていただきます、モーリスです。よろしくお願いいたします」

深々と頭を下げたまま言うモーリスに、アランが補足する。

「確か昨日、顔合わせはしたと聞いている。モーリスは俺の秘書にして精霊魔法においてはかなりの使い手、そして教え方もうまい。きっと、望んだ結果に導いてくれるだろう」

「な、なるほど……」

見立て通りやはり、かなり優秀な方のようだ。

半ば恐縮した気持ちでモーリスに向き合い、ソフィアは言う。

「こちらこそよろしくお願いいたし……よろしくね、モーリス」

「はい。必ずや、ソフィア様を一流の精霊魔法の使い手にして差し上げましょう」

胸に手を当てて、モーリスは自信に満ちた笑顔を浮かべた。

その様子を満足げな様子で見ていたアランが口を開く。

「では、早速出発するか」

「出発？」

「ここで訓練をしてもいいのだが、もっと広くて、かつ周りに何もない場所の方が適していると思ってな」

瞬間、アランの体が淡い光に包まれた。

「わっ……」

ソフィアの目を瞑る間もなく、アランの身体は一瞬にしてその形を変えていった。

そして……。

◇◇

「わああああああああああ――――っっ……!!」

白竜モードで飛行するアランの背の上で、ソフィアは興奮気味に声を上げた。

青い空、燦々と輝く太陽、流れゆく地上の景色。

涼しく心地よい風が全身を包み込む。

「ソフィア様、あまりはしゃいでいては落ちてしまいますよ」

「ああっ、ごめんクラリス、気をつけるわ」

お付きとして同行するクラリスに諫（いさ）められ良い子座りに戻るソフィアだったが、ワクワクは止まらない。風の精霊の加護を受けている上に巨大なアランの背中からはそうそう落ちることはないだろうが、万が一を心配するクラリスであった。

アランと空を飛ぶのは、嫁ぐ際にフェルミからエルメルに移動する時以来、二度目のこと。

鳥のように空を飛ぶというこの時間はとても開放的で、清々しくて、ずっとそうしていたいくらい楽しいひとときだった。

「空の旅がお好きで？」

「うん、すっごくっ」

落ち着いた様子のモーリスの問いに、ソフィアは元気よく答える。

「ずっとずっと、子どもの頃から夢見てたの。自由に空を飛べたらなって」

「その気持ちはわかります。誰しも一度は、抱く夢ですからね」

そう言うモーリスのふさふさそうな尻尾がもふりと動く。

ついついその様に視線が行ってしまうソフィア。

「ソフィア様、いかがなさいました？」

「あっ、ううん、なんでもないわ！　そうね。私の場合、実家であまり自由がなかったから……」

一瞬、目を伏せたソフィアだったがすぐに双眸を輝かせて。

「でも、今はとっても楽しいわ！」

「なるほど」

にこりと、モーリスが笑顔を浮かべる。

「それは、とても素敵なことですね」

「うん！　ありがとう、モーリス」

ソフィアのお礼にモーリスは一瞬、怪訝そうに目を細める。

しかしすぐに笑顔に戻った。

終始優しそうでニコニコしているモーリスに対し、ソフィアはすっかり警戒心を解いていた。

……一方のクラリスは、モーリスをジト目で眺めていた。

◇◇

アランの背に乗ってやってきたのは、王都の外れにあるだだっ広い草原だった。

アラン曰く「ここは国が管理する土地で警備も万全だ。安心するといい」とのこと。

屋敷の庭も広かったが、ここは比べものにならないほどの規模だ。

アランの言う通り、ここなら思う存分精霊魔法を使うことができるだろう。辺りを見渡す限り人けはなく、風のささやきと時たま飛んでくる小鳥のさえずりだけが鼓膜を震わせる。

遠くに小高い丘や林があるくらいでとても開けた場所であった。

「俺は王城に戻るが、夕方頃にはまた迎えに来る」

「はい！　連れてきてくださり、ありがとうございました」

ぺこりと頭を下げるソフィアの頭に伸ばそうとした手を引っ込め、アランは懐からあるものを取り出す。

「これを指にはめるといい」

「こちらは……？」

アランの掌の上で転がるのは、雪のように白い宝石が付いた指輪。

陽光に照らされきらりと光る美しさに、ソフィアの目が吸い込まれる。

「加護の指輪だ。ある一定以上の精霊力が出力されないよう、抑制する効力がある。これをつけておけば、昨日のように精霊力が暴発するようなことがないだろう」

「なるほど、そんな便利なものが……」

ふむふむと感心げに頷くソフィアに、アランはすまなさそうに言う。

「……本当は、昨日の時点で渡すべきだったたが、判断を誤った。俺の責任だ、申し訳ない」

「そんな、お気になさらないでください」

ぶんぶんと、ソフィアは頭を振る。

「アラン様にはアラン様なりのお考えがあってのことでしょうから。何事もなく無事だったのですし、終わり良ければなんとやら、ですよ」

「そう言ってくれると、助かる。……精霊力をうまく制御できるようになるまでは、原則としてこちらの指輪をつけて訓練するようにしてくれ」

「はい、ありがとうございます。では、頂きますね」

アランの手から指輪を受け取ろうとすると。

「手を」

「ひゃっ……」

アランのもう一方の手がソフィアの手首に優しく添えられる。

突然のことで短い悲鳴を上げたソフィアの、右手の中指にそっと、アランは指輪を通した。

まるで、王子がお姫様に誓いの指輪をはめるように。

「うむ、よく似合っている」

ふ、とアランが満足気に頷く。一方のソフィアはというと。

「……どうした？」

「い、いえ、その……」

ぷしゅーと頭から湯気を吹き出し、顔をりんご色に染めながら、消え入るような声でソフィアは言う。

「そういう不意打ちは、良くないと思うのです……」

「不意打ち？」

よくわかっていない様子のアランに、ソフィアはぷくりと頬を膨らませるが、すぐに口元を緩ませて。

「でも……嬉しいです、ありがとうございます。大切に、します……」

そう言ってぎゅっと、指輪を抱え込む姿はまるで祈りの聖女の如し。

加えて恥じらいの笑みさえ浮かべる様に、今度はアランが息を呑んでしまうのであった。

「……」

「……」

何故か時間が停止してしまった二人。

モーリスが「おやおや……」と眼鏡を持ち上げ、クラリスはため息をつきながら口を開く。

「アラン様、そろそろ」

「う……うむ。ではソフィア、無理はせず、ほどほどにな」

「は、はい！　アラン様も、お仕事頑張ってください」

アランは頷いた後、モーリスに視線を向ける。

「あとのことは頼んだぞ」

「お任せください」

モーリスが恭しく頭を下げると、アランは白竜に変身し大空へと旅立っていった。

アランの巨体が空の向こうへ消えていくまで小さく手を振るソフィアの傍ら、

「さて……ソフィア様」

セーリスが眼鏡をクイッと持ち上げる。

彼の声色と纏うオーラが変わったことに、ソフィアはすぐに気づいた。

「あ、あの……モーリスさん？」

ゴゴゴゴと何やら炎の効果音が聞こえてきそうだ。

「アラン様より仰せつかった通り、これより貴女様に精霊魔法の制御についてお教えいたします、が……」

モーリスの眼鏡がきらりと光って。

「私は厳しいですよ」

急に鬼教官モードへと変貌を遂げたモーリスに、クラリスは「始まった……」と言わんばかりにため息をついた。

エルメルの軍務大臣にして竜神アラン。

彼の秘書であるモーリスという男は一言で表すと『超真面目な堅物』であった。

生まれつき高い能力と努力を惜しまない忍耐力を持ち合わせ、成果を出すことを何よりも生き甲斐としている。上下関係に厳しく命令には忠実。

目的のためなら手段を問わない冷徹な一面もあった。

そんなモーリスが尊敬する上司から仰せつかった指令——妻となるソフィア嬢の、精霊魔法の制御について指南すること。

……何故私が？

と思わなかったといえば嘘になる。

誇り高きユニコーン族の中でもとびきり優秀ということもあって、モーリスのプライドは高い。

精霊王国の大臣クラスのお付きとして日々の仕事に誇りを持って取りかかっていたが、人族の国からやってきた令嬢に精霊魔法を教えるという急に降って湧いてきたイレギュラーな仕事には困惑ものだった。

確かにモーリスの経歴上、精霊魔法を教授するという時期がなかったわけではないが、本当に自分が適任なのか？　という強い思いがモーリスのプライドを刺激していた。

言葉を選ばずに言うと、精霊王国に暮らす獣人族や竜族と比べて身体も精神も弱い人族の、そして箱入りであろう貴族令嬢のお守りだなんて……という心境である。

（とはいえ、アラン様から仰せつかった仕事……どんな意図があろうとも、全力で取り組まないといけません）

ここはモーリスの生真面目さが幸いして、ソフィアの精霊魔法の強化に尽力しようと決めていた。

「私は厳しいですよ」

だからこそ、この訓練はお遊びではないことを最初に宣誓しておく。

モーリスの尻尾がフリフリと動く。

考え事をしたり、何か重大な決心をする際に起こるモーリスの癖であった。

一転、真面目モードになったモーリスにソフィアはごくりと息を呑んだが……。

「ええ、頑張るわっ」

ぎゅっと胸の前で両拳を握って、ソフィアはむふーと息を巻いた。

「よろしくね、モーリス」

笑顔で言うソフィア。

どこか幼さの残るその仕草に、警戒心の欠片もない表情に、モーリスは思わず頭をかいた。

（なんだか……調子が狂いますね……）

不思議な雰囲気を纏うご令嬢だな、とモーリスは思った。

ちなみにこの仕事を与えられた際、下調べとしてソフィアがどのような人物でどのような経歴の持ち主なのか情報が欲しいとアランに相談したのだが「自分の目で確かめたらいい」と返された。

情報なぞなくても大丈夫だろうというアランの判断だろう。

というわけで、モーリスが持つソフィアに関する情報はほぼ皆無に近い。

……一点だけ、「莫大な精霊力を持っていて、精霊魔法に関する素養も尋常ではない」と言われたが、本来、人族がほとんど持つことのない精霊力を大量に持ち合わせているなぞ眉唾ものであった。

はんの数十分接した感じの印象は……明るくポジティブだが、どこか抜けてて危なっかしいお嬢さん、といったところだろうか。

（まあ、お嬢様だろうと、甘く接するつもりはありませんが……）

精霊魔法は一朝一夕にしてならず。

それは、日夜何十年も精霊魔法の訓練に明け暮れ、血の滲むような努力の末に少しずつ力をものにしてきたモーリスが誰よりも知っていることだった。

じっくり、粘り強く。心を鬼にして訓練にあたろうと、モーリスは再度考えを纏める。

モーリスの尻尾が再びふりふりと動いた。

眼鏡をクイっと持ち上げ、こほんと咳払いをして、モーリスは口を開く。

「では初めに」

「あの」

「なんですか？」

「あ、ごめんね。言葉を遮っちゃって」

「お気になさらず。それで、いかがいたしましたか？」

「えっとね、訓練前に、本当に申し訳ないんだけど……」

おずおずと言いづらそうにしているソフィアに、モーリスは目を細める。

（まさか、この期に及んで……怖気づいたのでしょうか？）

少し圧を加えすぎたかもしれない、と反省。

だが、今更方針を変えるつもりはなかった。

ソフィアには緊張感がない。見たところ打たれ強くはなさそうだし、箱入りという点もあって努力を継続的にできるかも怪しい。

その点を許容して甘々な指導をしても絶対に精霊魔法は上達しないし、何よりもアランの望む成果には結びつかないだろう。

それは、与えられた仕事に対し強い責任感を持つモーリスにとって一番避けたい事態であった。

（やっぱりやりたくない、などと弱音を吐くのであれば……多少厳しくても一喝して……）

モーリスの尻尾がフリフリと動く中。

爛々と目を輝かせて、ソフィアは上擦った声で言った。

「その尻尾、触っていいですか？」

「……は？」

素っ頓狂なモーリスの声が漏れた。

「その尻尾、触っていいですか？」

「……は？」

我慢できなかった。

だってずっと、視界の端でふわふわそうな尻尾がフリフリフリフリしているから……。

「尻尾……ですか？」

ソフィアの突然の発言に、ユニコーンが豆鉄砲を喰らったような表情をするモーリス。

「あっ、ごめんね、急に。嫌だったら全然、構わないわ……仕方がないけど、涙を飲んで諦める……」

「諦めると言う割に少しずつにじり寄ってきているのですがそれが」

「はっ、ごめんなさい、ついっ」

正気に戻ったような反応をしてから、バッと距離を置くソフィア。

落ち着かせるように息をつき、眼鏡をくいっとあげてからモーリスは尋ねる。

「尻尾がお好き、なのですか？」

「尻尾というより、もふもふ全般？」

「もふもふ……？」

馴染みの薄い言葉なのか、モーリスが頭を捻る。

「もふもふはもふもふです。柔らかくてふわふわ～もふもふっとしてて、癒されるアレです」

「なる、ほど……？　何やら擬音が多くてイメージが湧きませんが、そういうものなのですね」

「そういうものなので、触らせていただきたく存じます」

「ちょっと、そんないきなりかしこまらないでください」

どんだけ触りたいんですか、という言葉は不敬に当たりそうなのでぐっと飲み込む。

「ダメ、でしょうか……？」

上目遣い。どこかしょんぼりした様子で尋ねてくるソフィアに、先ほどまでの緊張感がどこかへすっ飛んでいってしまった。

（ぼーっとした箱入り娘かと思いきや、とんだ変わり者ですね……）

なんて失礼なことを内心で思っていた時、モーリスの頭の上でぴこーん！　と光が灯った。

（……これは、使えるか？）

顎に手を添え黙考している間も無意識に尻尾がフリフリ揺れて、ソフィアの目を輝かせていることに気づかない。

まるで大人が子どもに言い聞かせるように人差し指をピンと立てて、モーリスはソフィアに問う。

「尻尾を触ったら、訓練頑張りますか？」

一時間遊んだら勉強頑張るか？　と同じようなテンションである。

「死ぬほど頑張る！」

「死なれては困るのですが……」

苦笑を浮かべつつ、モーリスは両手を広げる。

どうぞ、のジェスチャー。

「ありがとう、モーリス！」

お許しを得てご満悦なソフィアはモーリスの後ろにばびゅんっと回り込み、ちょうど尾骨の辺りからふわっと伸びた尻尾に手を伸ばした。

髪の色と同じ青みがかかった濃い色で、筆先のように滑らかな毛が綺麗に走った尻尾。

「わああ……」

さわさわ、もふもふ。

「ふわふわで柔らかくて、もふもふだわ……」

「……お気に召したようで何よりです」

最初の鬼教官モードはどこへやら、ぎこちない口調でモーリスは言う。

「うん……このまま昇天してしまいそうなくらい、気持ち良いわ」

「いや、だから死なれては困るんですが」

真面目腐った返答をするモーリス。自分の尻尾に触れてこんなにも喜ばれるなんて初めての経験で、困惑しているというのが正直なところだった。

さわさわと優しく撫で撫でされてむず痒（がゆ）いというか。

嬉しさよりも気まずさの方が勝ってしまう。

その光景はまるで、髭を触らせてあげるお父さんと、それを喜ぶ娘のようだった。

「さすが、ソフィア様ですね……」

そんな光景を眺めていたクラリスが小さく呟く。

クラリスはふっと小さな笑みを浮かべていた。精霊魔法の訓練が初手からもふもふ触れ合い会になってしまったが、むしろ良い流れだとクラリスは感じている。

モーリスのめちゃくちゃ生真面目で融通の利かない部分をクラリスは把握していた。

だから、ゆるっとしていてちょっぴり抜けたソフィアとのペアリングは一時期どうなるかとヒヤヒヤしていたクラリスであったが。

（この様子でしたら、大丈夫そうですね……）

親子のやりとりを微笑ましく眺めるように、クラリスはほっと息をつくのであったが……。

「なんだか、モヤっとしますね」

モーリスの尻尾をもふもふして至福の表情を浮かべるソフィアを見て、クラリスはなんとも言えない感情を抱いた。

自分の両耳をふにふに。すらりと伸びた尻尾をもみもみして一言。

「私だってありますのに」

心なしかむくれた頬から漏れ出たその呟きは、誰にも聞かれることなく風に乗って消えてしまうのであった。

◇◇

ソフィアに尻尾を存分に堪能されて、何やらぐったりした様子のモーリスが気を取り直して言う。

「まず初めに、適性を見てみましょう」

「適性？」

「ええ、精霊魔法といっても、それぞれの属性に対する向き不向きがございます」

モーリスが五本のうち四本の指を立てる。

「精霊には四種類います。火の精霊、水の精霊、風の精霊、地の精霊……それぞれ特性も相性も違うので、まずは自分がどの精霊と相性が良いのか調べる必要があるのです」

「なるほど。魔法で言う四大魔法と同じね」

「話が早くて助かります」

「それで、どうやって適性を調べるの？」

「『お告げの水晶』を使えば簡単です。クラリス」

「はい、ただいま」

どこからともなくクラリスが、立方体型の木箱を持ってやってくる。

中には片手で持てるほどの水晶が四種類入っていた。

「わあ……綺麗」

傷も汚れもない、陽光に照らされて輝く四種類の水晶は赤、水、白、茶と色が違っていて、それぞれ火、水、風、地に対応しているのだと直感的にわかった。

「高いですので、決して落とさないように」

「わ、わかったわ……」

そう言われると落として壊してしまう未来しか浮かばなくなって、ソフィアはつい一歩後ずさってしまう。

「適性はこれらの水晶を用いて行います。水晶に手を当てて、精霊力を流し込んでみてください。適性の有無によって、水晶の輝きが強くなったり弱くなったりします」

「つまり、適性があったら強く光って、なかったら弱く光るってこと?」

「適性がなかったら光ることすらない、という感じです」

「なるほど、わかりやすいわ」

ふむふむとしきりに頷くソフィアを見て、モーリスはアランの言葉を思い起こす。

――ソフィアは莫大な精霊力を持っていて、精霊魔法に関してはとんでもない才能を持っている。

(とても、そうは見えませんが……)

正直なところ、この時点でのモーリスはソフィアの力を軽視していた。

アランがソフィアに指輪をつけている時の接し方(砂糖吐くかと思った)を見た限り、我が上司は婚約者に非常に甘いと判断せざるを得ない。そこそこの力はあるかもしれないが、過大評価をしているのは間違いないとモーリスは確信していた。

(まあ、お手並み拝見といきましょうか)

眼鏡を持ち上げて、モーリスは提案する。

「こちらの適性検査は、指輪を外してやりましょうか」

「えっ、大丈夫なのですか?」

「むしろ抑制されている状態では、うまく適性が測れない場合がございます。行うのは精霊力を水晶に流し込むイメージだけで、基本的に水晶が精霊力を吸収してくれるので暴走することもないかと」

「なるほど」

納得したソフィアが指輪を外すと、クラリスがそばにやってきて言う。

「お預かりします、ソフィア様」

「ありがとう、クラリス。でも、大丈夫。この指輪は、持っておきたいの」

大事そうに指輪を胸に抱えるソフィアに、クラリスは微笑ましいものを見たように口元を緩めて。

「そうですか……かしこまりました」

頭を下げて引き下がった。ごほんと咳払いをして、モーリスは言う。

「では最初に、火からいってみましょうか」

箱から赤色……火の水晶を取り出し、モーリスが両手で持つ。

「こうして持っておくので、手を当ててください」

「わ、わかったわ」

おずおずと水晶に掌を当てるソフィア。

「火の水晶に手を当てて、自分の中の精霊力を流し込むイメージで」

「精霊力を……流し込むイメージ」

ぎゅっと目を瞑って紡がれたその言葉は、微かに震えていた。

正直、緊張していた。

（光らなかったらどうしよう……）

昨日、初めて精霊魔法を使った感じ、水の精霊とは心を通わせられたから……さすがに一つも適性がないという結果にはならないだろうけど。

ソフィアのネガティブな思考が、適性がない＝役に立たないという等式をシャカシャカチーンと作り出していた。

故にソフィアは必死で、自分の中にある精霊力を流し込むイメージに全集中を注いだ。

そんなソフィアの胸襟を察したモーリスが、小さく息をついて言葉を並べる。

「適性がある精霊魔法は基本的には一つ、才能がある者で二つ、類稀（まれ）なる才能があって三つ、といったところなのでまあ、最初は光らないのは当然です。心配しなくてもだいじょう……」

ピカピカピカ――――――ン！！！！！！

「…………は？」

モーリスの素っ頓狂な声が、こぼれた。

「わっ……」

火の水晶が、目を瞑っていてもわかるほどの輝きを発したことにソフィアは驚いた。

思わず水晶から手を離してしまう。

見ると、水晶はモーリスの手の上で太陽にも負けない勢いでピカピカピカーと輝いていた。

「あ、あの……」

あんぐりと口を開けてポカンとしているモーリスに、ソフィアは尋ねる。

「これは……その、適性があった、という認識で良い？」

「えっ……？　ああ、そう、ですね」

我に返ったモーリスが慌てて眼鏡を持ち上げて言う。

「これほどの輝きは、今まで見たことがございません。ソフィア様は間違いなく、火の精霊の適性が高いと言えるでしょう」

「よ、良かったぁ……」

胸に手を当て、ほうっと息をつくソフィア。

とりあえず適性なしの無能判定はされないようで、ソフィアは心の底から安堵していた。

とはいえ。

（火の、適性かあ……）

ちょっぴり複雑な心境ではあった。

火ってなんとなく、扱いが難しくて危険なイメージがあったから。

自分の性格的には向いていないのでは、と思う部分もあった。

「いや、それにしてもとんでもない輝きですね……このレベルだと、王城に仕える火の精霊魔法士並み……いえ、下手したらそれ以上の力を持っているでしょう」

「そ、そんなに……？」

昨日の一件と同じく、言われてもピンとこなかった。

ただただ困惑の声を漏らすソフィアに、モーリスはどこか興奮した様子で提案する。

「一応、他の属性の適性も調べてみますか」

「ええ、お願いしたいわ」

前のめりにソフィアは言う。

もしかすると、あと一つくらいは他にも適性の属性があるかも……？

（さすがに、それはないか……）

自分の中に湧き出た期待をすぐに打ち消す。

期待はしない。

期待した結果、今まで何度も裏切られてきたのだと、ソフィアは自分に言い聞かせた。

「クラリス、頼む」

「は、はい、ただいま」

一連の流れをぽかんとした様子で眺めていたクラリスが、次は白い水晶……風の水晶を持ってやってくる。

「ではお願いします、ソフィア様」

先ほどと同じように、水晶を持つモーリスにソフィアはこくりと頷く。

先ほどよりかは迷いのない動作で、ソフィアは手を水晶に添え……。

ビカビカビカビカビカーン!!

「きゃっ……」

火の水晶の輝きと同じくらい、眩い輝きを放ち始めソフィアは仰天する。

「なっ……こ、これは……!?」

一方のモーリスは目をガン開いた。

「風にも適性がある、ということでいいのかな……？」

「ええ、バッチリ適性がございます。これで二種類ですね！」

「それって、結構すごいこと？」

「本当にすごいです、ソフィア様！　適性があるだけならまだしも、どちらもこれだけの輝きとなると……国内でもそうそうおりませんよ……!!」

「そ、そうなの……そうなのね……？」

やはりピンときていないソフィアであったが。

どうやら二種類は適性はありそうだと、嬉しい気持ちになって……。

（あれ……でも昨日、水の精霊魔法は割とうまくいったような……）

ということは、もしかして、もしかすると。

「では次、水の水晶を……」

「こ、こちらになります」

モーリスもクラリスも、何やら言葉を震わせながら水の水晶を準備する。

また、同じように手を当てて、ソフィアは精霊力を流し込……。

ビカビカビカビカビカビカビカビカビカーン！！！！！！！！！

「これまでの数々の非礼をお詫びしたい。どうやら貴女は稀代の天才のようだ」

とんでもない輝きを放つ水晶を手に頭を下げるモーリスはなんというか、とてもシュールな光景であった。

「え、ええっ？　非礼なんて今までなかったような……」

今この時まで、モーリスが内心でソフィアに対しどのような印象を抱いていたかなんて知る由もなく困惑するソフィア。一方で、驚きを一周回って冷静になったモーリスは、ソフィアに対し尊敬と畏怖の念を抱いていた。

（このほどの逸材……現時点でエルメルにいるだろうか……）

二種類に適性がある者は、数人存在する。

しかしそれぞれの適性がこれほどまでに強い者は……怪しい。

何はともあれソフィアは、エルメルの中でも替えの利かないとんでもない才能の持ち主、ということは確定的だった。

――ソフィアは莫大な精霊力を持っていて、精霊魔法に関してはとんでもない才能を持っている。

アランの言葉に対する疑いは、とうの昔に霧散していた。

（アラン様が私に、この大義を与えてくださった理由が……わかりました）

身体が、震える。武者震いというやつだ。

これほどの才能を生かすも殺すも自分次第。もちろん生かす方向に全力を尽くすが、ソフィアほどの精霊力の持ち主なら、この先のエルメルに歴史を残す存在になることは間違いない。

その確信があった。

「あの……一応、調べますか？」

クラリスが最後の水晶……土の水晶を差し出してくる。

「調べるだけ、調べてみますか……その必要はないでしょうけど」

さすがのさすがに三属性で打ち止めだろう、とモーリスは高を括っていた。

「四種類の適性を持つなんて、聞いたことがありません。四属性の適性があるというのは歴史を振り返って見ても時代に一人いるかいないか……それこそ〝世界樹の巫女〟くらいですから……」

（世界樹の巫女……？）

耳馴染みのないワードに首を傾げるソフィア。

一方でクラリスは、その単語にごくりと喉を鳴らす。

（いやでも……まさか、ね……）

モーリスの背中に冷たい汗が伝う。

あり得ない。そんなわけがない。

（そう頭では思っていても……もしかすると、ソフィア様なら……）

そんな予感が、モーリスの脳裏に過った。

クラリスから土の水晶を受け取って、ソフィアに向ける。

「これが最後の一個です。よろしくお願いします」

「え、ええ……わかったわ」

ごくりと、息を呑む音が三人分聞こえる。

先ほどとは打って変わって尋常じゃないほど緊迫した空気の中。

ソフィアは水晶に手を当てて、精霊力を流し込む。

――瞬間、ソフィアの胸に懐かしいような、温かいような、心地よい感覚が湧き出たかと思うと。

ぴかっと、先ほどとは比べものにならないほどの光、いや、もはや閃光が弾けた。

悲鳴を上げる間もなく、ビシビシビシイッ!!　と水晶に亀裂が走り。

「うおっ……!?」

「きゃっ……!!」

ぱりんっと、真っ二つに砕けた。

モーリスの掌から、二つになった水晶が地面に落下する。

あまりに予想外のことで、モーリスは目の前で起きた出来事を現実と認識できず絶句した。

「ソフィア様⁉　大丈夫ですか、お怪我はありませんか……⁉」

「え、ええ……大丈夫よ」

すぐにクラリスがソフィアのそばにやってきて、手に怪我はないかを見回している。

幸い、ソフィアもモーリスも無傷だったが……。

「…………」

「…………」

「…………」

人は本当に驚く出来事が起こった時、声を上げるのも忘れて黙ってしまうらしい。

その場にいた三人、誰一人としてしばらく言葉を発することができなかった。

「……ご、ごめんなさい。高い品を、壊してしまったわ……」

最初に口を開いたソフィアのズレたコメントに、モーリスはずっこけそうになる。

身体を持ち直して眼鏡を持ち上げた後、状況を整理する。

今まで眩い光を発するだけだった水晶が、真っ二つに弾けた。

つまりそれは、ソフィアから流れる精霊力に水晶が耐えられなかったということ。

俄には信じがたい。水晶自体の故障……も可能性として考えたが、王城にて厳重に保管された一級品に限ってそれは考えにくかった。

起こったことをそのまま受け止めるとつまり、これが意味する答えは……ソフィアは四属性全てに適性があり、かつどれも強大な力を持っていて、その中でも土の精霊との適性があり得ないくらい強い……などという、報告書に書いて提出したら「夢でも見てたのか」と怒鳴り返されそうなものだった。どこか震えた声で、モーリスは尋ねた。

「ソフィア様は一体……何者ですか？」

「さ、さあ……？」

国家の命運がかかるほどの力を証明したにもかかわらず、どこにでもいそうな少女のような仕草をするソフィアに、モーリスは「どうしたものか……」と天を仰いでしまうのであった。

「大丈夫、モーリス？」

土の水晶を真っ二つにかち割ってから頭を抱え始めたモーリスに、ソフィアは心配そうに尋ねる。

「お気になさらず……今、頭を整理しているので」

白分の目の前にいる、虫も殺せなさそうな令嬢が歴史に名を残すレベルの精霊魔法の才を持っていた。その事実に、普段冷静沈着なモーリスもさすがに動揺していた。

畏怖、興奮、混乱、尊敬、戦慄。

様々な感情が身体の中を渦巻いて思考が纏まらない。この仕事に対する責任がとてつもない重さでのしかかってきて、正直息が詰まりそうな想いだった。

しかしここで狼狽えて何もできなくなるほどモーリスは無能ではない。

優秀な彼は瞬時に感情を落ち着かせ、強固な理性をもって思考を走らせる。

諸々の情報、状況を整理し、これからどうするべきかを導き出した。

……その間、モーリスは尻尾をぶんぶんと高速でぶん回していて、ソフィアが何やらうずうずしていた様子だったがスルーしておく。

「一旦、ソフィア様の常識外れな才能については横に置いておきましょう」

今日の訓練の趣旨は、精霊魔法の制御だ。

ソフィアの才能についてあれこれ言葉を交わす時間ではない。

「う、うん。その方がいいと思うわ」

初志貫徹。思考を切り替え、眼鏡を持ち上げてからモーリスは口を開く。

「何はともあれ、これでソフィア様に最も適性のある属性がわかりました」

「土の精霊、よね？」

「ええ」

こくりと、モーリスは頷く。

「正確には火、水、風の適性も非常に高いレベルで持っていて、その中でも土の属性が飛び抜けている、というなんとも非現実的な結果ではありますが……一旦は、土の精霊魔法の制御からやっていきましょう」

「うん、よろしくお願いね」

モーリスとクラリスの慌てっぷりから一時はどうなるかと思ったが、とりあえず方針が決まったようでソフィアはホッとする。

とはいうものの……。

「土の精霊魔法、ってどんなことができるの？」

「そうですね……簡単なところで言うと土や石を創造したり、凸凹（でこぼこ）の地面を平らにしたり、攻撃手段としては岩石を撃ち放ったり……」

「ふむふむ」

「あとは、荒れ果てた大地や植物を生き返らせる力もありますね。土の精霊は別名、恵みの精霊とも言われていて、農家や畜産業においては非常に重宝されます」

「なるほどなるほど……!!」

ソフィアの目がきらっきらに輝く一方で、モーリスは目を伏せ言いづらそうに言葉を並べる。

「土の精霊魔法は正直、四大精霊の中では日常において〝地味〟とか〝あまり使い道がない〟と言われている属性でもあるので、ソフィア様的にもちょっと違うなと思うのでしたら、他の属性の精霊魔法を先に練習するのも一手……」

「地味なんて、そんなこと全然ないわ！」

モーリスの言葉の途中で、ソフィアは断言する。

「確かに火や水とかと比べると派手さや華やかさはないかもしれないけど、たくさんの人を笑顔にできる精霊魔法だと思うの。一度死んだ大地を再び息づかせるなんて、私はとっても素敵だし、ぜひマスターしたい属性だと思うわ」

　嘘偽りのない純朴な双眸で言うソフィアに、モーリスは息を呑む。

　実際ソフィアは土の精霊魔法に対してすっかり好感を持っていたし、それに、何故か土の精霊魔法に関しては感覚的に『いいな』と思っていた。

　理屈はない。土の水晶に精霊力を流し込んだ際に、懐かしいような、温かいような……そんな感覚を抱いたのだ。

「申し訳ございません、私の視野が狭かったです」

「ああっ、謝らなくていいわ。怒ってるとかじゃ、全然ないから」

「寛大なお言葉、感謝いたします」

　胸に手を当て、モーリスは綺麗にお辞儀をした。

「ではまずは簡単に、縦一メートル、横一メートルの土の塊を作ることから始めてみましょうか」

「あら、割と大きなサイズなのね」

「ソフィア様は保有している精霊力が尋常ではないので、まずは大きいものを、そして徐々に小さくしていく、という」

「確かに！　そう言われるとそうね」

　うんうんと、しきりに頷くソフィア。

「ありがとう、モーリス。ちゃんと考えてくれているのね」

「いえ、私はそんな……」

急にお礼を言われて、微かに動揺を見せるモーリス。

いち使用人に過ぎない自分に対しても踏んぞり返ることなく、敬意を持って接してくれるソフィアという令嬢の人間性の部分に対して、モーリスは少しずつ好感を抱きつつあった。

本当に小さいけども、今日初めてかもしれない笑みを浮かべて、モーリスは言った。

「では、頑張りましょう」

「はい！」

アランからもらった加護の指輪をつけ直して、ソフィアは威勢よく声を張った。

太陽がオレンジ色に染まり、どこかで夕方の鳥の鳴き声がする。

どこかノスタルジックな雰囲気を切り裂くように、白竜アランが訓練場に戻ってきた。

「お帰りなさい、アラン様！」

竜人モードに戻ったアランに、ソフィアがぱたぱたと駆け寄る。

その姿はまるで、久しぶりに家に帰ってきた主人に飛びつく子犬のようである。

「あっ……」

「おっと」

不意にふらついたソフィアの身体を、アランが両腕で抱きとめるように支えた。

「す、すみません、少しふらっとしてしまい」

かあっと頬を赤くしてすぐ、ぱっと身体を離すソフィア。

「気にするな。……随分と疲れている様子だが、大丈夫か？」

「ほんの少しだけ……でも、大丈夫です」

気丈な笑顔を浮かべ、両腕で元気のジェスチャーをするソフィア。

そんな彼女に、アランは訝しげに目を細めた。

「遅くなってすまない。少し前の予定が押してしまってな……何やら汚れているな」

「これは、その……」

服や髪についた泥や土埃を慌てて払いながらソフィアは言う。

「つい、訓練に熱が入ってしまったのと、それと……何度か失敗をしてしまいまして……」

おやつの盗み食いがバレた子どもみたいに、人差し指をつんつんするソフィアに、アランは優しい声色で言う。

「熱が入ることは良いことだ。それに、最初は誰でも失敗をするものだ。何度も反復練習をして、少しずつ上達していけばいい」

「は、はいっ。お心遣い、ありがとうございます。失敗を恐れるな、ですね」

「その通り」

満足そうに頷くアランが、もう一度ソフィアの土に汚れた身体を見て言う。

「……適性は、土の属性だったか」

「さすがのご慧眼（けいがん）です」

「やはりな」

確信深げな瞳で頷くアランに、ソフィアは目を見開く。

（アラン様は……知っていたのでしょうか？）

その疑問を投げかける前に、アランがソフィアに手を伸ばす。

「あ、え……？」

ぱんぱんと、アランがソフィアの服についた土埃をはたき落とす。

「あの、ありがとう、ございます」

「どうってことない」

そのままアランの手は、ソフィアの美しい長髪についた土埃を撫でるように落とした。

「ひゃいっ……」

「どうした？」

怪訝そうに眉を顰めるアランの元に、すかさずクラリスがやってきて苦言を呈す。

「アラン様、失礼ながら女性の髪を無闇に撫で回すのはいかがなものかと」

「あ、ああ、すまない！」

今気づいたといったリアクションをして、アランはぱっと手を離す。

「……嫌だったか？」

「い、いえ、嫌ではありませんが……」

目を伏せて、口元を覆い、頬を夕焼けのオレンジに負けないくらい朱に染めて。

ぽつりと、ソフィアは言葉を落とす。

「少し……恥ずかしかったです……」

ほのかに恥じらいを浮かべた、思わず抱き締めたくなるような表情。

アランの胸が、どくんと跳ねた。

「そ、そうか……」

自分でも予想外だった感情が湧き出し、アランは次に告げる言葉を失ってしまう。

ふと自身の頬に手を当てると、指先から確かな熱が伝わってきた。

（馬鹿な……この俺が……照れている、だと……）

普段のアランからすると馴染みのない、胸に嵐のようなざわめきをもたらす感情に当惑してしまう。

「……」

「……」

またしても、無言の間が到来。

「またですか……」とクラリスがジト目で二人を見守る中。

モーリスがごほんと、わざとらしく咳払いを立てた。

「アラン様、ちょっと……」

モーリスの言葉で状況を察したクラリスが、ソフィアに言う。

「ソフィア様、お風呂の前に少し身を清めておきましょう。こちらへ」

「はっ、え……う、うん。ありがとう、クラリス」

未だ冷静になりきっていないソフィアを、クラリスが連れていく。

二人きりになってから、モーリスはアランに問いかけた。

「彼女は何者ですか？」

「俺の妻だ」

「いえ、そういう話ではなく」

「だが……」

どこまでも広がるオレンジ色の空を見上げ、険しい表情でアランは言った。

「この国を救う、妻だ」

◇◇

アランの背に乗って屋敷に帰宅後。

「はふう……」

大浴場。肩までお湯にしっかりと浸かって、ソフィアは息をついた。

「やっぱり癖になるわ……」

入浴という習慣も今日で三日目。

最初はおっかなびっくりだったけど、もうすっかりお風呂の虜になっていた。

じんわりと熱いお湯が全身を包み込んで、疲れがとろとろと浄化されていくような感覚。

特に今日は一日中、外で精霊魔法の練習に明け暮れていたからか、今宵の入浴はとびきり心地よく感じた。

「もっと、頑張らないと……」

今日、一日を振り返って思う。

自分には四大属性全てに適性があり、かつ土の精霊の力を桁外れに保有しているらしい。

モーリス曰く、歴史に名を残せるレベルの才能を持っている、と。

未だに実感が湧かないが、実際に自分が創り出した滝のような水や巨大な土塊を目の前にしたら、さすがに認めざるを得ない。

この国において自分は多分、それなりに役に立つ存在なのだろうと。

その事実はソフィアにとってもちろん嬉しくはあったが……同時に、怖さもあった。

今までずっと〝魔力ゼロの無能〟と言われ続けてきて、誰にも期待をされなかった。

それが急に、反転した。天才だ、とんでもない才能だと上向きな言葉をかけられた上に、何か大きな期待をされるようになった。

この国において今後、自分がどのような役割を担うことになるのかはわからない。

自分の勇気がなくて、まだ聞けていない。

だけど間違いなく、今まで自分がフェルミの実家でこなしてきたような、家事や事務作業とは比べものにならない仕事が与えられるだろう。

「……っ……う」

改めて自覚すると、胃袋の底から何かが込み上げてきそうになって慌てて口に手を押さえる。

深呼吸をして、なんとか落ち着かせた。

……正直、重責だった。

妹のマリンのように、子どもの頃から期待を一身に受けたならまだしも、ソフィアは一度期待されていた状態から地獄のどん底へと叩き落とされている。

だから今の、再び期待されている状態は恐怖でもあった。

また失望されたら？

期待外れだと言われたら？

エルメルの人たちは皆優しくて、フェルミで遭ったような事態にはならないとわかっていても……そうは言いきれないという恐怖がある。

……考えていても仕方がない、それはわかっていた。

今自分にできることは、失望されないよう、期待外れだと言われないよう、一分一秒たりとも無駄にせず全力を尽くすだけ。それだけだった。

もうあんな……痛くて辛くて悲しい思いをするのは、嫌だから……。

「あら……」

ふと、視界の端から小さな光が飛んできた。

きらきらと光の粒子を尾に、小さな羽で舞う掌サイズの女の子。

澄んだ水色の髪にドレス。一昨日、この大浴場で会った水妖精ちゃんだった。

以前と同じように両掌を広げてみせると、妖精ちゃんが降り立つ。

「こんにちは」

ソフィアが微笑んで言うと、妖精ちゃんはソフィアを気遣わしげに見上げた。

「心配してくれるの？」

尋ねると、妖精ちゃんはきらきらと舞いながらソフィアの顔の前までやってきて、小さな手でぽんぽんと頭を撫でてくれた。

「ふふ……ありがとう」

先ほどまで穏やかではなかったソフィアの表情に笑みがこぼれる。

ソフィアがお風呂を上がるまで、水妖精ちゃんはずっとそばにいてくれていた。

◇

「……以上が、本日の一連の流れです」

夜、王城。

アランの執務室で、モーリスは淡々と今日の訓練中に起こった出来事を報告し終えた。

「予想以上の成果、ってところかしらね」

報告内容を聞いたシエルが弾んだ声で言う。

アランの机に腰掛け足をぷらぷら。興奮を隠せぬ様子だった。

一方で、じっとモーリスの報告を聞いていたアランが口を開く。

「教えた感触としては、どうだった？」

「天才、としか言いようがございませんね」

まるで、壮大な物語を読み終えた後の余韻に浸るような表情で、モーリスは言う。

「今まで多くの精霊魔法士を見てきましたがソフィア様ほどの才能を持つ者はとても……」

モーリスの報告曰く、ソフィアは課された一メートル四方の土の塊を作るという課題に取り組んだところ、最初は巨大で歪(いびつ)な土の塊を作ってしまったらしい。

加護の指輪で精霊力を制御していたにもかかわらず、ちょっとした一軒家ほどの巨大な土塊を創造したことに初手から度肝を抜かれたのは言うまでもない。

土を創造するのは精霊力を多く使うし何度もやっていたら草原に山ができてしまうということで、二回目からはその土塊を使って訓練を行った。

最終的に、与えられた数時間では一メートルきっかりの土塊を作ることはできなかったが……。

「イメージした通りの形……立方体型の土塊を数時間で作るなんて……本来、精霊魔法の制御は何年もかけて少しずつ習得していくものです。自分のイメージした形通りの物体を生成するだけでも一か月、下手したら何か月もかかるところを一日でやり遂げるなど、規格外もいいところです」

モーリスの言葉には熱が籠もっていた。

それだけとてつもないものを、ソフィアは彼に見せたのだった。

ソフィア本人は「ごめんなさい……調整が難しくて課題通りのものは作れませんでした……」と見るからにしょんぼりしていたが……。

ソフィアが数時間で行ったことがどれだけすごいのかモーリスが懇々と説いて、心底ホッとしたようだった。

「ソフィア様にあと必要なのは、『強すぎる精霊力を抑える力』だと思います。彼女の精霊力が莫大すぎるゆえに、そこに一番苦労しているのかと」

「なるほど、精霊力が多い故の弊害だな」

「逆に言うと、そこだけ調整できればもう、言うことなしだと思います」

確信的な目で、モーリスは頷いた。

「あと、何よりも舌を巻いたのは……ソフィア様の努力気質というか、負けん気というか……何度も何度も失敗しても、投げ出すことなく精霊魔法に向き合い、休憩する間もなく訓練に励んでいました」

「ソフィアちゃん、偉い！　とっても努力家なのね」

「はい、とても教え甲斐があります」

二人とは対照的に、アランの表情は険しい。

「……努力家、か」

ソフィアが努力をするモチベーションの根源は、〝命令されたらやり遂げなきゃ〟という、実家にいた際に植えつけられた強迫観念だろう。

そう思うと、彼女の頑張り屋気質を手放しに褒めるのはあまりよろしくない。

「報告感謝する。想像以上の成果だ」

「何よりでございます。といっても、私の手はそれほどかかっておりませんが……」

「モーリスの手腕もあるだろう。引き続き、ソフィアの訓練に従事してくれ」

「お任せを」

「あと……休憩は無理矢理でも取らせてくれ。頑張りすぎて倒れる、という事態は全力で避けてほしい」

釘を刺すように言われて、モーリスは深々と頭を下げた。

「肝に銘じます」

その言葉を最後にモーリスは退室し、部屋にはアランとシエルが残される。

「ひとまず安心、ってところかしら」

「まだわかりません」

「あら、用心深いのね」

「まだ一日目です。これから何が起こることやら……」

未だ険しい表情で言うアランに、シエルはにんまりと笑う。

「ソフィアちゃんの心のケアはお願いね、旦那様」

「何やら含みのある言い方ですね」

「真面目な意味よ」

スッと瞳の明度を落として、シエルは言う。

「明るく気丈に振る舞っているように見えて、ソフィアちゃんはきっと無理しているわ。急に環境が変わった上に、何より彼女は、過去の自分と決別できていない」

目を伏せ、どこか痛ましげにシエルは続ける。

「そう遠くないうちにきっと、あの子が抱えている絶望が破裂してしまうわ。その時はしっかりと、ソフィアちゃんのそばにいてあげなさい、そして……」

アランをまっすぐ見据えて、にっこりと笑ってシエルは言った。

「貴方の、正直な気持ちを伝えてあげてね」

「………善処します」

「善処なのね……」

これだから堅物竜はと言わんばかりにシエルは頭を押さえた。

「まあ、いいわ。ソフィアちゃんの心配は当然のこととして、自分の身体にも気を使ってあげなさい」

「自分の？」

アランが尋ねると、シエルはまるで子どもに言い聞かせるように人差し指を立てて言う。

「貴方は真面目すぎるのよ。そんなに気を張っていたら、貴方の方が倒れちゃうわよ」

「竜人の体力を甘く見ないでいただきたい」

「同じ生き物であることは変わらないでしょうに」

そう言われるとそうなので、反論はできない。

とはいえ……。

(気を張りすぎ、か……)

それは否定できない。

事実、ここ数日の自分は少々、精神を尖らせていた。

自分らしくない。だがソフィアのこととなると何故か気を強く張ってしまうというか。

心配で、気が気でなくなってしまうのだ。

「…………」

自身の中に芽生えつつある確かな感情をどう取り扱えばいいか、アランの中で明確な答えはまだ出ていない。ここで考えても仕方がないことだろう。

……何はともあれ、ソフィアがこの国において与えられるであろう役割については、そう遠くないうちに力を発揮できそうだと思った。

その点については、安心しても良いかもしれない。

アランは立ち上がる。

「あら、どこへ？」

「ソフィアと夕食の時間です」

「まあ！」

両手を合わせて感激したようなポーズをするシエル。

「夫婦なんですから、当たり前でしょう」

「うんうん、そうねそうね」

なんでこんな、やけに嬉しそうなのだろう。

そんな疑問が顔に出ていたのか、シエルは言う。

「一匹狼（おおかみ）ならぬ一匹ドラゴンだった貴方が、こうして人と関わるようになったことが、嬉しいのよ」

「……褒め言葉として受け取っておきましょう」

最後に一礼して、アランも部屋を退室する。

後に残ったシエルはひとり、少女のような笑顔を浮かべて言葉を落とした。

「さてさて、いつになったら素直になることやら」

◇◇

夕食刻、食堂。

「……美味しい」

まろやかなデミグラスソースがかかったフワッフワのハンバーグを食べて、ソフィアは思わず言葉をこぼす。

今日も今日とて豪勢な夕食を堪能することができて、ソフィアの幸福度はうなぎ上りであった。

衣はサックサク中はぷりっぷりなエビフライも、とろとろチーズとブラックペッパーが効いたリゾットも、ソフィアの表情を笑顔で彩ってくれる。今日一日、精霊魔法の訓練にせっせと精を出していた疲労感もあって、より美味しく感じられていた。

「君は本当に美味しそうに食べるな」

隣で巨大な骨付き肉を切り分けていたアランが興味深げに言う。

「あっ、すみません、落ち着きがなくて……」

貴族令嬢としてあるまじき振る舞いだと、ソフィアは慌てて表情を「すんっ」と元に戻す。

「いや、そのままでいい。そのくらい感情が豊かな方が、こちらとしても見応えがある」

「はあ……そういうものでしたら」

気にする必要もないかと、ソフィアはキャベツサラダを口に運ぶ。

「ん〜〜〜」

ソフィアに笑顔が舞い戻った。

おそらくアランの計らいによって定番メニュー化したキャベツサラダも、日によってドレッシングが変わっていて全く飽きがこなかった。酸味のきいたオニオンドレッシングがかかったキャベツをもしゃもしゃと、ソフィアは食べ進める。

(……まるで、うさぎみたいだな)

そうアランに思われているなど、本人は知る由もない。後ろで控えているうさ耳のメイドが今日も今日とて満足げに頷いていることも、知る由もないだろう。

「そういえば」

ソフィアがキャベツサラダを食べ終わるのを待って、アランが口を開く。

「モーリスから、今日の訓練のことを聞いた」

ぴくっとソフィアの肩が震え、フォークから付け合わせのにんじんがぽろりと落ちる。

「……ど、どのようにでしょう？」

ぎぎぎっと、錆びついた時計の針のように首を動かし、緊張気味に尋ねるソフィア。

「よく頑張っていたようだな、偉いぞ」

「あ、え……」

褒められると思っていなかったのか、ソフィアはきょとんと目を丸めた。

「休むことなく、精霊魔法の制御に全力を尽くしていたと聞いている。制御は繊細な感覚が必要とされるから、最初はなかなか苦戦しただろうが、よくぞ投げ出さずにやり切ったな」

「そんな……私は言われたことをしただけで、大したことはしてませんよ……」

褒められ慣れていないソフィアは咄嗟に否定の言葉を口にしてしまうが、アランの褒めの追従は止まらない。

「だが、最後まで頑張ったことは事実だろう？　決して楽ではない精霊魔法の制御に真面目に取り組んだ、それ自体が良いことだ」

「そう、でしょうか……」

「俺がそう思ったんだ、だから遠慮なく受け取るといい」

力強く頷くアランに、ソフィアの表情が緩む。

「えへへ……」

やがて抑えきれなくなった喜びと照れの感情に、ソフィアはくしゃりとはにかむ。

嬉しかった。ただただ、嬉しかった。

今までずっとお前はダメだダメだと謗る言葉しかぶつけられてこなかったから。

温かくて優しい褒めの言葉に、ソフィアは胸がいっぱいになる思いだった。

「はっ……」

「どうした？」

急に夢から現実に戻ってきたような反応をするソフィアに、アランは眉を顰める。

「ま、まだまだ、褒められるには、実力不足ですので！　モーリスさんに最初に言われた、一メートル四方の土塊を作るのには時間がかかりそうです」

しょんぼりと肩を落とすソフィアに、アランは息をついて言う。

「モーリスから聞いていると思うが、ソフィアの今日一日の上達速度は、普通の何十倍も速いものだ。とてつもない才能がある上に、努力も惜しまない。我々としてはこれ以上何も望むものがないほど、よくやっている」

ソフィアの、自分を卑下する癖にアランはとっくに気づいている。

だから多少強引でも、ソフィアに受け止めてほしかった。

自分はよくやっているという、自信を。

そんなアランの思惑が功を奏したのか。

「ありがとう、ございます……嬉しい、です」

気恥ずかしそうに、だがしっかりとソフィアは喜色を浮かべた。

「うむ」

と、アランは再び大きく頷いてから切り出す。

「それはさておき……むしろ君は頑張りすぎだ。訓練中、一度も休憩を取らなかったそうじゃないか」

「え……それが普通では？」

ソフィアの返答に、アランは面食らった。

ソフィアの返答は決して他意のあるものではなかった。

エルメルの実家では休憩など与えられず、常に働かされることが日常だった。

なのでアランの指摘にピンとこなかったのだ。

今日の訓練中、モーリスやクラリスから何度も休憩を勧められた。

だが、ソフィアは全て断り訓練に精を出している。それはソフィアの体力と集中力が無限で、休憩なんかしなくてもまだまだいける状態だったからではない。

『休憩なんて取らずに頑張り続けるべきだ』という固定観念が、ソフィアにそうさせていた。

なんとなく……ソフィアのバックグランドから、彼女が休憩をしなかった理由を察したアランは、諭すように言う。

「集中力と体力は無限ではない。適度に休憩を入れなければ効率も悪いし……最悪、身体に負荷がかかって体調を崩してしまうこともある」

「それは、確かに……そうですね」

実家にいた頃も、休みなしの無理な働きがたたって何度も体調を崩したことがあった。

その都度両親に『お前は貧弱すぎる』『魔力もない上に体力もなくてどうするんだ』と罵声を浴びせられたため、『自分が悪いんだ、もっと頑張らないと』と活を入れ気合いで動いていた。

無理に無理を重ねてベッドから起き上がれなくなるくらいになってようやく、休むことを許されたものだ。

（よく死ななかったな、私……）

改めて思い返して、ソフィアはそんなことを思ってしまう。

エルメルに来て三日目だが、少しずつソフィアは勘づき始めていた。

自分がいた、実家がおかしかったのではという事実に。

「今日も、俺が訓練場に来た際にふらついていただろう。あの時は何も言わなかったが……相当、無理をしたのだろう？」

「そう、ですね……」

いかなる誤魔化しもきかないであろう問いかけに、ソフィアは目を伏せ観念したように言う。

「確かに、予想以上に疲れはありました……ご心配をおかけして申し訳ございません」

「謝らなくていい。ただ、これからは気をつけてくれ」

その声はどこか切実で、強い思いが籠もっているように聞こえた。

「俺は、ソフィアの身に何かある方が心配だ」

ソフィアの瞳をまっすぐ見つめて、アランは言う。

端整な顔立ちをしていらっしゃる旦那様の真面目な表情に、ソフィアは思わずどきりとする。

しかしそれよりも何よりも……。

（私……心配、されてるんだ……）

そっちの方に、胸が温かくなった。

誰かが自分のことを気にかけてくれる。

健やかでいてほしいと思ってくれる。

今まで生きてきて受けたことのない他者からの思いに、ソフィアの瞳の奥が思わず熱くなった。

気を抜いたら、目尻から何かが溢れてきてしまいそうになるのを、頑張って押し込める。

何はともあれ、アラン様を不安にさせたくない。

ソフィアは強くそう思った。

「わかりました、これからは適度に休憩を取るようにいたします」

「それでいい」

ふ、と満足げに笑うアラン。

また、心臓がドキドキとダンスを始める。

今度は単純に、アランの笑顔の破壊力が高すぎたせい。

同時に、ソフィアの胸の中でこんな気持ちが芽生えた。

(アラン様の期待に応えたい……)

嫌われたくない、失望されたくない。

そういったネガティブな欲求よりもプラス向きのそれは、ソフィアのやる気に火をつけた。

(明日からも訓練、頑張ろう)

胸の前で両拳をぎゅっと握って、ソフィアは改めて決意するのであった。

「ふあ……」

夜、自室にて。

「お疲れのようですね、ソフィア様」

ベッドの縁に座って欠伸をするソフィアに、ティーセットを持ってきたクラリスが言う。

「ううん、全然疲れて……」

「そんなわけないでしょう」

ソフィアの反射的な返答に、クラリスはぴしゃりと言葉を被せる。

クラリスはため息をついた後、ティーカップをソフィアに手渡した。

「熱いので、お気をつけください」

「あ、ありがとう……」

ふーふーしてから、一口。

「ん……美味しい……」

マスカテルな香りが鼻腔（びくう）を抜けたかと思うと、舌先から奥にかけて豊潤な味が染み渡った。

喉元を過ぎると、じんわりと胸の辺りが温かくなる。

「本当に美味しいわ、今まで飲んだことがない味……エルメルの特産品とか？」

「いえ、こちらはダージリンという、ソフィア様の国の貴族の間でもよく飲まれている種類の紅茶です」

「あっ……そうなんだ……」

フェルミで紅茶を最後に飲んだのはいつだろうか。

思い出そうとしても、該当する記憶がひとつもない。

下手したら一度も飲んだことがないかもしれない。

まだ恵まれていた頃の幼少期の舌には、紅茶は多分合わなかっただろうから。

「紅茶って、こんなに美味しかったのね……」

頬を緩めてティーカップに口をつけるソフィアを見て、クラリスはどこか痛ましげな色を表情に浮かべる。

「ちなみにダージリンには疲労回復効果がございます。今日のようにお疲れの日には最適かと」

「へえ、すごい効能ね」

舌を巻くと同時に、ソフィアの胸にピリッとした痛みが走った。

これは多分、罪悪感。

「クラリス」

「はい」

困り笑いを浮かべてソフィアは言う。

「色々気を遣わせちゃって、ごめんね」

ぴくりと、クラリスが眉を動かす。

「いえ……ソフィア様、少しお隣よろしいですか？」

「え、ええ、もちろん」

「失礼します」

ソフィアの隣に、ゆっくりとした所作で腰を下ろしたクラリス。

どうしたんだろう、とソフィアが思う間もなくクラリスは口を開く。

「私は、ソフィア様の使用人です。主人の命令は絶対なので、ソフィア様の体調面を気遣うのは当然のことです。ですが……」

クラリスが、ソフィアの方に顔を向ける。

いつものクールで冷たげな表情ではない、どこか焦りにも似た感情を浮かべて。

「使用人としてではなく……私個人としても、ソフィア様には辛い思いをしてほしくない、いつも笑顔でいてほしい、と考えています」

「クラリス……」

「本心です」

ソフィアが膝下に置いてる手に、クラリスが自分の手を被せて言う。

「だから、遠慮なく私の行為を受け入れてください。そして、してほしいことがありましたら、なんでもお申しつけくださいさい。ソフィア様は少々……いえ、かなり、遠慮しすぎです」

「そう、なのかしら……」

「手がかかるくらいがちょうどいいのですよ」

そう言って、クラリスは微笑んだ。

クラリスの言う通り、ソフィアは『してもらうこと』に消極的だった。ソフィアの低い自己肯定感が、実家での経験が、誰かに手間をかけさせることに抵抗感を抱かせていた。

（でも、ここは実家じゃない……）

エルメルという新しい環境だ。

それに……。

（使用人としてではなく、か……）

役職の垣根を越えて、個人としてクラリスが自分のことを思ってくれていることを、素直に嬉しいと思った。先ほどの食事でのアラン様の言葉といい、今日はなんだか嬉しいがいっぱいだ。

「……わかったわ」

こくりと頷き、ソフィアは言う。

「ちょっとぎこちないかもしれないけど……善処するわ」

「ありがとうございます、ソフィア様。充分でございます」

再び、クラリスは微笑んでみせた。

「じゃあ早速、ひとつお願いを聞いてもらおうかしら」

「はい、どうぞ」

「……どうして耳を差し出すの？」

「違いましたか？　てっきり、もふもふをご所望かと」

「違くは……ない、けど」

ぴくぴくと動くクラリスの猫耳に視線がいってしまうが、グッとソフィアは堪えて。

クラリスの肩に、自分の頭をそっとのせた。

「……ソフィア様？」

困惑気味に、クラリスは声を漏らした。

お願いと称して肩に頭をのせてきたソフィアに、クラリスは困惑する。

「……ソフィア様」

「重くない？　大丈夫？」

「むしろ軽すぎると思いますが……」

「ごめんね、ちょっとだけ……寄りかかってみたくて」

「…………」

クラリスの肩口に顔を埋めるようにしてソフィアは言う。

「今日はモーリスにも、アラン様にも、たくさん優しくしてもらって……こんな私でも、少しくらいは甘えても良いのかなって、思ったというか……ごめんね、うまく纏まってなくて」

「いえ……」

ただ、肩に頭をのせるだけ。

そんな控えめで些細なことを甘えると言う主人。

ちくりと、クラリスの胸に針で刺したような痛みが走った。

「失礼します」

「……っ」

ソフィアの頭を肩にのせたまま、クラリスはその小さな背中に両腕を回した。

そのまま、包み込むようにソフィアを抱き締める。

「ク、クラリス……？」

突然の抱擁に戸惑うソフィア。

「出すぎた真似を申し訳ございません。……ですが、ソフィア様は控えめで、本音を隠すところがございます。なので、このくらいがちょうど良いかと思いまして」

そう言って、クラリスの言葉に、ソフィアはどきりとする。

「先ほども申し上げましたが、遠慮はしないでください。少しじゃなくていいです。甘えたい時は甘えてもいいのです。その方が、私としても嬉しいので」

クラリスはソフィアを抱き締める腕に力を込めた。

自分の意思とは関係ない力に引っ張られるように、ソフィアもクラリスの背中に腕を回す。

（温かい……）

人の体温なんて、いつぶりだろうか。

衣擦（きぬず）れの音、自分以外の吐息、熱、鼓動。

そして、優しくて落ち着く匂い。

細身ながらも自分よりもしっかりとしたクラリスの体躯はお日様のように温かくて、ずっと寄りかかっていたくなるような安心感があった。

「……ずっと、こうして差し上げたかった」

使用人としてではなく、クラリス個人としてであろう言葉と共に、背中を優しくとんとんされる。

その途端、ソフィアの胸の中で濁流のような感情が湧き起こった。

ずっと押し込んで蓋をしていたモノが溢れ出るような感覚。

嘘偽りないクラリスの純粋な優しさに、凍りついていた心の一部がゆっくりと溶けていく。

目の奥に熱が灯った。油断したら何かが溢れてきそう。

今日は涙腺が弱い日なのかもしれない。

（だめ……こんなところで……）

泣いたって何も解決しない。

むしろ、周りを苛立(いらだ)たせて余計に辛い目に遭う。

何度も繰り返してきたことだった。

ソフィアは理性を鋼のようにして、込み上げてくる激情を抑え込んだ。

（……ソフィア様）

クラリスの瞳が心配げに揺れる。

微かなすすり声。そしてほんの少し、ソフィアの身体から震えが伝わってくる。

そのことからなんとなく、ソフィアが涙腺と攻防を繰り広げていることにクラリスは気づいていた。

だがこれ以上は、クラリスは何も言わなかった。

ソフィアがエルメルに来てまだ三日目だ。実家にいた長い時間の中で幾重にも連なった鎖を無理矢理引きちぎるのは良くないだろうし、それに……。

（ソフィア様の心を丸裸にするのは、私の役目ではありません……）

脳裏に竜神の姿を思い浮かべ、クラリスは改めてそう思った。

代わりに、自分の率直な思いを口にする。

「今までお辛い思いをたくさんしてきたのでしょうから……微力ながら、ほんの少しでも、癒しになれたらと思っております」

慈愛に満ちた声。ソフィアの背中を、クラリスは優しく撫でた。

まるで、泣いている子どもを落ち着かせる母のように。

「うん……」

クラリスの背中に、回した腕に力を込める。

「ありがとう、クラリス」

仕事ですので、といつもの返しをクラリスは口にはせず。

「どういたしまして」

温かくて抑揚のある声で言った。

しばらくの間、ソフィアはクラリスの身体に身を預け、大人しく撫でられ続けた。

とても優しくて、心地よくて。温かい、時間だった。

「……本当は私ではなく、アラン様に甘えられればいいのですが」

「え？」

「なんでもございません」

こほんと、クラリスは咳払いをした。

『ソフィア～、大丈夫――？』

クラリスが退室してしばらく後。ベッドに寝転び天井をぼーっと眺めるソフィアの視界に、大好きなもふもふの顔がひょこっと飛び出した。

「ハナコ」

上半身を起こす。

今日も今日とてビッグモードなハナコを見ただけで、ソフィアの口元が緩んだ。

『今日も、とってもお疲れみたいだねー』

隣に座って見上げてくるハナコが言う。

「やっぱりわかっちゃう？」

『そりゃー、ずっとソフィアを見てきたからね』

「そっか。すごいねえ、ハナコは」

にっこりと笑ってもふもふな首元を撫でると、ハナコは『えへへ～』と気持ち良さそうに喉を鳴らした。それからもふっとハナコのお腹にダイブする。

『今日はたくさん、精霊魔法の練習してね。モーリスさんっていう……』

ソフィアはハナコに、今日あった出来事を詳（つまび）らかに話した。

その間、ハナコは今まで通りうんうんと聞いてくれている。

『そっかあ～、頑張ったんだねー、ソフィアは』

話し終えると、ハナコはそう言ってソフィアを労（いたわ）ってくれる。

『じゃあ今日も、パワーをあげないとね』

「わっ……」

大きなハナコの身体がもふりと動いて、ソフィアを抱きかかえるようにした。

もっふもふの感触が全身を包み込んだかと思うと、ソフィアを抱き締めるハナコの身体がぼうっと光った。変化はすぐに訪れる。

疲労感で重たかった身体が、軽くなってゆく。

自分の中で大きく欠けていたような感覚もあっという間に消失した。

「……これ、本当にすごいね」

昨日初めて体感したけど、改めて思った。

眠気や疲労感が完全に消え去ったわけではないが。

精霊力の枯渇によってもたらされた倦怠（けんたい）感や疲労感が大幅に改善されたような感覚だった。

「でも、大丈夫なの？　私にしょっちゅう力？　をくれて……ハナコは疲れない？」

『んー？　大丈夫だよ？　ここは前いたところよりも、パワーがそこらじゅうに溢れてるから、すぐ補充できるんだー』

「そうなんだ」

『そうなのだー』

ハナコがソフィアの頬に自分の頭をすりすり。

「ハナコ、くすぐったいわ」

『えへへ～』

楽しそうに戯れてくるハナコにソフィアはされるがままである。

フェルミの時のミニサイズのハナコも愛らしくて可愛い良さがあったが、ビッグサイズのハナコもこれはこれで全身でもふもふを堪能できて至福の極みであった。

結論から言うとミニサイズだろうがビッグサイズだろうがハナコはもふもふで可愛くてとにかくもふもふで愛らしいのである。語彙力が欠如するほどに。

しばらくの間、ソフィアはハナコのもふもふを存分に堪能した。

『あんまり無理しちゃだめだよー？』

不意にハナコが言う。

「うん……ありがとう、ハナコ」

同じようなことをアランにもクラリスに言われた気がする。

自分としては無理しているつもりはなく、実家にいた時と同じマインドではあるつもりなのだが……。

（ここでは私、頑張りすぎみたいなのよね……）

ここへ来て三日の間に何度もツッコミを受けて、さすがのソフィアもそれを自覚してきた。

アランをはじめとした、この国の人たちに心配はかけたくない。

だからもう少し力と気を抜くべきなんだろうけど、実家にいた時の癖がソフィアの根幹にへばりついてなかなかうまくいかない。

少しずつ時間をかけて、良い塩梅を見つけるしかないんだろうと思った。

「でも私、頑張りたい……」

ぽつりと、言葉がこぼれる。

「皆のために、頑張りたい」

エルメルに来て、本当に自分は良くしてもらっている。

シエルにも、クラリスにも、モーリスにも、もちろんアランにも。

他にもこの屋敷を維持してくれている使用人の皆や、毎日ご飯を作ってくれているシェフまで。

皆、優しくて温かくて、自分なんかじゃ返せないほどのことをしてもらっている。

良くしてもらっている分、何か自分でも恩返しをしたい。

皆のために頑張りたい、という思いがあった。

それは、実家にいた時には抱かなかった感情だった。

思い返せば、家族のために頑張りたいと思ったことはなかったように思える。

期待を大きく裏切ってしまった家族に対する罪滅ぼし。

いわば、自分が許されたいがために毎日必死で働いていた。

全部、自分のためだった。

『ソフィアがしたいなら、それでいいと思うよ』

ソフィアの首筋をぺろりとひと舐めしてハナコは言う。

『前に比べたら、ソフィアのことを気にかけてくれる人もいるし、無理をさせるような人もいないしね。きっと大丈夫だよ』

特に小言もなく、ハナコはそうやってソフィアを肯定してくれる。こうなった時のソフィアは聞かない、意外に頑固なところがあるとわかっていての言葉かもしれないけど。

「ありがとう、ハナコ」

『どういたしまー』

ただそばに寄り添って肯定してくれる存在がいるだけで、ソフィアは随分と心が楽になるのであった。

「そういえば……」

実家、というワードを聞いてふと、思う。

(今頃、実家はどうなってるんだろう……)

自分がいなくなっても大丈夫なようにできる限りの引き継ぎはやったつもりだが、短い時間の中では限界もあった。細かい部分の抜け漏れはさすがにカバーしきれていないだろう。

だが、実家にいるのは腐っても伯爵家の使用人たちだ。

様々な仕事を自分が代わりにやっていたとはいえ、自分一人が抜けたくらいで回らなくなるようなことは……。

(……さすがに、ないよね?)

ないと信じたい。そもそも今更、自分が憂慮する必要もないのだ。

ない、と思っていても。

(うう……気になるなあ……)

今まで散々な目に遭わされてきたとはいえ、ソフィアにとっては唯一血の繋がった家族。

それに元々、自分が過酷な目に遭っていたのは自分のせいという、家族に対し憎悪や恨みがあったわけではないため、ただただ心優しいソフィアは実家のことを憂いてしまうのであった。

◇

「……今日で三日目か」

魔法王国フェルミ。エドモンド伯爵の領地、その屋敷の執務室にて。

地面を割らんばかりの勢いで降り注ぐ土砂降りを窓から眺めながら、リアムは呟く。

リアムの表情に浮かぶ感情は焦り。

「さすがにそろそろ止んでもらわねば……」

もはや、神に祈るような気持ちだった。

ここ数年、エドモンド伯爵の領地の気候は安定していて、水が枯渇することも溢れることもなくすくすくと作物を育てていった。

しかし今降り注いでいる雨は近年でも類を見ない土砂降りだ。

降り始めは、ソフィアが嫁いだ三日前。

それまでちょうど晴れ続きでそろそろ水源を潤したいと言われていた矢先の雨だった。

最初は恵みの雨だとリアム含め農作物の担当者は喜んだものだが、雨は収まることなく逆に水害が発生するレベルにまで発展している。

領地内でも小川が氾濫しただとか作物がだめになりそうだという報告が上がってきて、リアムの頭を痛くしていた。

……三日前にエルメルを出たソフィアに対する心配など、欠片もなかった。

「ええい、考えても仕方あるまい」

雨は自然の気まぐれそのもの。いかに魔法という神が与え給うた力があるとはいえ、矮小な人間如きが干渉できる領域ではない。

これまでずっと天候は安定していたのだ。

気を揉まなくても、明日にでも雨は収まるだろうとリアムは考えた。

そう、思い込むことにした。

「それよりも……」

今は屋敷の外よりも、中に気を遣わなければならない。

ソフィアがこの屋敷を去ってから、各所に不具合が発生していた。

料理の質の低下、屋敷内の清掃が行き届かなくなった、など。

ソフィアがいなくなったことで機能しなくなった部分が多々あった。

無自覚に能力が高いソフィアに依存し、使用人たちが怠惰を決め込んだ故の弊害であったが
……。

「ソフィアめ……あれほど、引き継ぎをしっかりしろと言っただろう」

あくまでもリアムのヘイトはソフィアへと向いていた。

ソフィアのおかげでこの屋敷の諸々が維持できていたなど、今まで散々ソフィアを無能扱いしていたリアムのプライドが許さなかった。

家事ならまだいい。

ソフィアに押しつけていた事務仕事にまで不具合が発生しているのは困った事態だった。

あまりコストはかけたくないが事務周りは整備せねばと、経歴が優秀な後任がついたが彼曰く「こんな量、とてもじゃないですがさばききれませんよ」と泣き言をほざく始末。

ソフィアにできてお前ができないわけがないだろうと一喝して仕事に当たらせているが、効率が落ちているのは目に見えていた。

「ちっ……イライラする……」

そういった細かいストレスが、ソフィアが家を出て以降、続々と発生してリアムの胃袋をぎりぎりと締め上げていた。

「こうなったら……」

折りを見て里帰りと称しソフィアを一時的に家へ呼び戻そうと、リアムは思いつく。

（父の命令のあらば、彼奴(あいつ)も断れないだろう……）

そして引き継ぎの不手際について徹底的に糾弾し、今度こそ今いる使用人だけでも大丈夫な状態にさせるのだ。当然、引き継ぎが完了するまでエルメルに帰すつもりはない。

魔力ゼロの落ちこぼれを今まで養ってきたこちらとしては、そのくらいして当たり前だと、リアムは思っていた。ニヤリと口角を吊り上げるリアム。

これで、問題はある程度片付くだろうと満足げに頷いていると。

ドンドンドン!! と扉が乱暴に叩かれた。

「リアム様、大変です！ 急ぎ、お耳に入れていただきたいことが……」

「なんだ、騒々しい。入れ」

「失礼します！」

入室してきたのは事務仕事を担当させている後任の男、ハリー。

いわば彼はリアムの秘書のポジションだった。

「報告します！」

一枚の羊皮紙を手に、ハリーは切羽詰まった様子で言う。

「エリギムの森付近で魔物が出没！」

「なんだと!?」

ガタリと、リアムは思わず立ち上がる。

「何故魔物が……!! 近年は全く出現していなかったではないか！」

「そうは言われましても、私には……」

リアムの叱責に、ハリーは怯えたように身を縮こませる。

「くそっ……状況は!?」

「はっ……ただいま兵が撃退に当たっております！ 近隣の村への被害は出ていないようです

が、なにぶん想定外の事態でして……対処に難儀している模様です……!!」

「馬鹿もの!!　なんのための日頃の訓練なのだ！　住民への被害が出る前に、全力をあげて魔物を撃退するのだ！」

「はっ……承知いたしました……!!」

わたわたと慌てた様子でハリーが退室する。

「ちっ……次から次へと……」

どっしりと疲れた様子で、リアムは椅子に座り直す。

途端に、背中を嫌な汗が伝った。降り止まぬ土砂降りに、突然の魔物の出現。

何かこの領地に、とてつもない災難が迫っているような予感が、リアムの胸の中から沸々と湧き始めたのであった。

第五章 自覚していく想い

土魔法の鍛錬を開始してから、一週間が経過した。

今日も今日とて屋敷から離れた訓練場に、ソフィアはモーリスとクラリスと共に来ていた。

「いい！　いいですよ、ソフィア様！　かなりの精度です！」

土の精霊魔法を使い、ほぼ立方体に近い土塊を生み出したソフィアにモーリスが駆け寄った。

ぶんぶんと躍動する尻尾から、彼の興奮度が見て取れる。

「い、良い感じ？」

今日もかれこれ三時間ほど訓練を続けて疲労が浮かんでいた表情にぱあっと笑顔が咲く。

「ええ、それはもう。目算で誤差五センチほどくらいでしょうか。ここまでくれば、もうあと一歩というところですよ」

大きく頷くモーリス。

もうゴールまであと少しまで来ているというお墨付きに、ソフィアは俄然やる気を沸き立たせた。

「よし、じゃあ感覚を忘れないうちにもう一回……」

「ダメですよ、ソフィア様」

ぴしゃりと、そばに控えていたクラリスがタオルと飲み物を持って言う。

「もう三発連続で打ったでしょう？　一旦休憩です」

「あ、あれ、そうだっけ……？」

「私はちゃんと数えていました。ほら、お座りください」

クラリスに背中を押されて、訓練中の休憩スポットにしている平たい石に腰を下ろした。

二日目以降、精霊魔法を三回打ったら一回休憩するというルールが義務付けられ、ソフィアはそれに従っている。

無理をしすぎないようにというアランの配慮らしい。個人的には限られた時間の全てを訓練に使いたいのだが、休憩も大事だということで徹底されている。

でもおかげで、初めて精霊魔法を使った時のようにぶっ倒れるようなこともないため、やはり適度な休憩は大事なんだなと実感していた。

タオルで額に浮かんだ汗を拭ってくれるクラリスにソフィアは言う。

「いつもありがとう、クラリス」

「仕事ですので」

相変わらずの調子で言うクラリスだが、その口元には笑みが浮かんでいる。

最近、クラリスの表情が柔らかくなっているのは、気のせいではないかもしれない。

「さっきの魔法は、最後の最後で少し集中がブレてしまいましたね」

こくこくと水を飲むソフィアにモーリスが解説する。

「ソフィア様はやはり、最後の仕上げ段階で少々気が抜ける癖があるので、もう少しで完成という段階でこそ一度息を吸って再度集中すると良いと思われます。あと、序盤に力んでいるようにも見受けられますので、もうほんの少しだけ抑えて、リラックスの姿勢で臨まれると良いと思いますよ」

「ありがとう、モーリス。最後に気が抜ける癖は仰る通りだわ……詰めが甘くてごめんね」

「いえいえ、とんでもございません」

ぶんぶんぶんぶんと、モーリスが残像が見えそうなほど速く首を振る。

「精霊魔法の経験が全くのゼロの状態から、ここまで上達するのに普通はもっと長くかかるものなのです。……一週間でこれほどのバランス感を身につけているという時点で、凄まじいことなのですよ」

「そ、そうなのね……ちなみに、普通はどれくらいかかるものなの？」

ソフィアが尋ねるとモーリスは首筋に冷や汗を垂らして言った。

「今教えてしまうと集中が乱れてしまいそうなので、成功した際に……」

「わ、わかったわ」

とりあえず、本来であればうんと時間がかかるということは理解した。

モーリスの反応から察するに、結構いい感じに上達はしているようなので、その点は安心しても良いかもしれない。そう思うと、再びやる気がむくむくと湧いてきた。

「さて……」

立ち上がるソフィアに、クラリスが尋ねる。

「もう、休憩はよろしいのですか？」

「ええ、充分休めたわ」

大きく息を吐き、モーリスの方を向いてソフィアは言った。

「再開しましょう」

「かしこまりました」

眼鏡を持ち上げるモーリスの先導で、いつもの定位置へ。

先ほど作った、ほぼ立方体に近い土塊を見据えると、モーリスの声が鼓膜を震わせる。

「では、始めてください」

「はい」

すうっと、深く息を吸い込む。

（今度こそ……成功させる……）

強く意気込んでから、ソフィアは精霊魔法を発動した。

◇

「はぁ……はぁっ……」

精霊魔法を発現し終えた途端、ソフィアの身体からぶわりと汗が吹き出した。

次に鉛がのしかかったような倦怠感。

途方もない集中力と体力を持っていかれた実感がソフィアにはあった。

「完璧……です」

一方で、震えた声で呟くモーリス。

目を見開き、信じられない光景を目の当たりにしていると言わんばかりだった。

ソフィアの目の前に出現した土塊に歩み寄るモーリス。

「各辺の長さも一メートルぴったり、耐久性も充分、質感も上々……素晴らしい……」

土塊に手を当てて言うモーリスに、ソフィアは尋ねる。

「えっと……つまり……成功？」

「大成功です」

モーリスの言葉に、ソフィアの目に溢れんばかりの星屑が弾けた。

「やった……やった……!!」

身体の芯の底から湧き出る嬉の感情に思わずソフィアはぴょんぴょんと飛び跳ねる。

ようやく、ようやく成功したと喜びに身体を震わせた。

「あっ……とっと……」

精霊魔法を使った直後、かつ初めての成功で気が抜けよろけそうになるソフィアの身体を、
クラリスがすかさず抱き止める。

「大丈夫ですか、ソフィア様」

「なんとか……ありがとう、クラリス」

「どういたしまして」

にこりと微笑んだ後、クラリスは言う。

「おめでとうございます、ソフィア様。よく、頑張りましたね」

まるで自分ごとのように喜んでくれるクラリスに、ソフィアの胸の辺りがじんわりと温かくなる。

「えへへ……ありがとう、クラリス」

はにかみながら言った後、ソフィアはモーリスにぺこりと頭を下げる。

「ごめんね、モーリス。長らく時間がかかってしまったわ」

「長らくも何も……」

息を吐きながらモーリスは口を開く。

「この課題、普通なら達成までにどれくらいかかるか、伏せておりましたよね」

「え、ええ、そうね」

「通常なら、一年かかります」

「い、いちっ……」

「ええ、なので、長らくも何も早すぎるくらいです」

いやはや、末恐ろしいお方だと、モーリスは乾いた笑みを漏らした。

「とはいえ、成功したのはまだ一回なので……あと何度か試してみて、確実性を上げましょうか……と、言いたいところですが」

未だ肩で息をするソフィアを見て、モーリスはふっと口元を緩める。

「今日はこのくらいにしておきましょう。無理は禁物です」

「ええ、ありがとう。そうしてくれると助かるわ……さすがにちょっと、気が抜けてしまって……」

あははと、照れ臭そうに笑うソフィアが続けて言う。

「じゃあ、今日の訓練はこれで終わりってことね」

「ええ、少し早いですが切り上げましょう」

「わかったわ。じゃあ、モーリス、あの……」

「えっ？　ああ、はいはい」

ソフィアの言葉から全てを察したモーリスが、自分のお尻を差し出す。

「どうぞ」

「ありがとう！」

日課である、モーリスのもふもふ尻尾をもふるという最後の仕事にソフィアは取りかかった。

課題をクリアした達成感も相まって、今日のもふもふは至高の極みであった。

モーリスの尻尾をもふもふして体力を回復していると、そそっとクラリスがやってきて「私の耳と尻尾も触っていいですよ」と進言してきた。

ここ最近、クラリスは積極的にソフィアに耳と尻尾を差し出すようになっている。

「ありがとう、クラリス！」

今日も今日とてそんな素晴らしい申し出を断るわけもなく、ソフィアは遠慮なくクラリスのもふもふにも手を伸ばす。

右手でモーリスの尻尾を、左手でクラリスの耳をさわさわ。

両手に花ならぬ、両手にもふもふ状態であった。

（ああ～～～～～……最高～～～～…………）

目を閉じたらそのままもふ神様の元へ召されてしまいそう。

（……って、あれ？）

ふと、ソフィアが気づく。

「そういえばなんだけど、二人はアラン様の竜モードみたいな変身ってできたりするの？」

「「できますよ」」

間髪入れずに肯定した二人は「それが何か？」と言わんばかりの表情だが、ソフィアの脳天からつま先にかけて稲妻が走った。

「何故それを早く言わないの!?」

ずいっと前のめりになるソフィアの圧に思わず気圧（けお）される二人。

「え、えっと……特に言う必要がないと思いまして？」

主人がもふもふ好きであることは把握していたが、まさか人間モードのもふもふでは飽き足らず、獣人モードのもふもふも堪能したいと思っていたなどと想像もしなかっただろう。

しかし、ここで優秀なモーリスの頭脳がぎゅるんと回転する。

即座に主人の思考回路を逆算し、ソフィアがもっとも求めているであろう言葉を口にした。

「変身、しましょうか？」

モーリスが提案すると、ソフィアは首が地面に落ちそうなくらい勢いよく頷いた。

「わかりました、では……」

モーリスが目を閉じる。瞬間、モーリスの身体がぼうっと光り、人型のシルエットが飴細工のように変わっていった。変化の時間は一瞬だった。

「わあああああっ……」

光が収まって現れたモーリスの姿に、ソフィアは両眼を輝かせる。

一言で表すと、大人がゆうに乗れる大きさの馬だった。

額の辺りから聳え立った、ユニコーンの象徴たる立派な一本ツノ。

全身を覆う青みがかかった黒い毛は柔らかそう。

全身は逞しい筋肉と共にえらく引き締まっており、走るととても速そうだ。

「すごい！　モーリス、もふもふよ！」

「この姿を見て最初の感想がそれなのは初めてです」

（でもまあ、ソフィア様が嬉しそうならそれで良しとしましょう）

ここ数日もふられすぎて、ソフィアの異常なまでのもふ好きがもはや普通の感覚として受け入れられつつあることに、モーリスは気づいていない。

「ソフィア様」

鼻息荒く興奮気味なソフィアに、クラリスの声がかかった。

ソフィアが振り向くと、そこには白い毛並みの猫がいた。

猫モードのクラリスであることは明白で、心なしか顔立ちが凛（りん）としている。

ただ、猫にしては大きい。ビッグモードのハナコほどではないが、こちらも大型犬くらいの全身で抱きつけるくらいのサイズ感だ。

そのサイズ感がソフィアにとって至福極まりないことは言うまでもない。

「ク、クラリス……可愛い……」

「お褒めにあずかり光栄です」

ふっと、クラリスがモーリスに勝ち誇ったような笑みを向ける。

それに気づいたモーリスがムッと馬面を顰（しか）めた。

「さあ、ソフィア様。遠慮せず、私をもふっていいですよ」

「いいの⁉」

「ええ、もちろん」

「ソフィア様、私のもどうぞ。ゴワゴワしたユニコーンの毛より、きっと気持ちいいですよ」

ずいっと、クラリスがモーリスに割り込んできて言う。

「いきなり割り込んできてゴワゴワ呼ばわりとは、少々失礼なのでは、クラリス？」

「私は事実を言っただけですよ。それとも、自覚がおありで？」

にんまり笑って尋ねるクラリスに、モーリスがムムムッと眉を寄せる。

「貴女のそういう反抗的なところは、学生時代から変わってないですね」

「褒め言葉として受け取っておきます」

「皮肉もわからないとは、学校で何を学んできたのやら」

「まさしく、モーリス先生の教育の賜物ですね」

　クラリスがにっこり笑って返す。

　二人の間にばちばちと見えない火花が散っているように見えた。

　そういえば二人は出会った当初から、仲が良さそう（？）な雰囲気だったようなとソフィアは思い起こし、口を開く。

「あの、二人は昔からのお知り合いか何かで？」

　ソフィアの質問に、モーリスとクラリスがお互いの方を向く。

　馬と猫が顔を見合わせるというなかなかシュールな光景だ。

「ああ、そういえば言ってませんでしたね」

　と、なんでもない風にモーリスは言った。

「クラリスは、私が精霊魔法学校の教師を務めていた時の生徒ですよ」

「学校！」

　学校時代の生徒と教師、という響きにぱあっと表情を明るくするソフィア。

「そんな驚くことですか？」

「ええだって、学校って……あの学校よ？」

フェルミ王国でも魔法学校があって、魔力のある貴族は原則として通うことを義務付けられる。しかし、魔力ゼロを出してしまったソフィアは通うことを許されず、半ば隔離されるような形で家での生活を強要された。

そんなソフィアが学校という響きに憧れを抱いてしまうのも無理はない。

……という経緯を、爛々(らんらん)と目を輝かせるソフィアから感じ取ったモーリスは、ぶるるとひと鳴きした後話を変えた。

「まあ、クラリスを担当したのはほんの一年なんですけどね。当時と比べると、今はだいぶ丸くなったといいますか」

「妙なこと吹き込まないでくれますか、モーリス先生」

「というわけで、ソフィア様。クラリスのことは気にせず、存分に私をもふってくださいませ」

「何が、というわけなのですか。ソフィア様はアラン様の夫人ですよ。異性のあなたとの不必要な接触は避けるべきです」

「それこそ今更でしょう。今まで私がどれだけソフィア様にもふられてきたと？」

二つの大きなもふもふがよくわからない意地を張って、ソフィアにもふ撫でされる権利を奪い合うというなんとも不思議な光景が繰り広げられる。

そんな二人を見てソフィアは内心で（仲がいいんだなぁ）とほっこりした気持ちになる。しかし、巨大なふたつのもふもふが目の前でもふもふしている光景をただ眺めているのは、限界であった。

「あ、あの！」

ソフィアが声を張って言う。

「とっても贅沢なお願いなのは重々承知なのだけれど……」

恐る恐るといった様子で、ソフィアは言葉を口にした。

「二人とも、一緒にもふもふしたいわ」

ソフィアの言葉に、今まで言い争っていた二人が顔を見合わせる。

それからお互いに、しょうがないですねえと言わんばかりにため息をついた。

「ええ、どうぞ」

「遠慮なく」

「やった……!!　ありがとう！」

こうしてソフィアは、モーリスとクラリス纏めてもふもふする至福の時間を送ることとなった。

「……何をやっているんだ？」

いつの間にか時間が経って迎えにやってきたアランが、大きな馬と猫に包まれてご満悦なソフィアを見て、そんな言葉を漏らしたのは当然の流れと言えよう。

◇◇

オレンジ色の空が頭上に広がっている。

今日も今日とて竜モードのアランの背に乗って屋敷へと飛行中。

「ほう、課題をクリアしたか」

アランの感心したような声が響き渡る。

「通常なら一年はかかるところをたったの一週間でこなすとは……やはり見立て通り、ソフィアは凄まじい才能を持っているのだな」

アランの言葉に、ソフィアは「凄まじい才能だなんてそんな……」と控えめだが、口元は緩み表情からは隠しきれない喜色が溢れ出ていた。

「ありがとうございます、アラン様。でも、ここまでうまくいったのはひとえにモーリスの教え方が上手だったのと、クラリスの献身的なサポートのおかげですよ」

「お褒めいただき恐縮です、ソフィア様」

「いえいえ……仕事ですので」

ソフィアの両脇に控えるユニコーンモードのモーリスと猫モードのクラリスは淡々と言う。

しかしモーリスは尻尾がぶんぶん舞っていて、クラリスは立てた尻尾の先をふりふりさせていた。

両方とも嬉しいを意味する尻尾の動き。その動きの可愛さに耐えきれず、ソフィアは二人の尻尾をもふ撫でしてうっとりするのであった。

「確かに二人のおかげでもあるだろう。だが、やはり一番はソフィア、君自身の才とたゆまぬ努力の賜物だ」

「私は、私のやれることをやったまでですよ。……もっとも、力不足でモーリスとクラリスにはたくさん迷惑をかけましたが……」

「「迷惑だなんてとんでもないです」」

ぶんぶんと、モーリスとクラリスが同時に首を振る。

なんとも可愛らしい。

一方で、ぽつりとアランが息を吐く気配。

「モーリスから日々の訓練の内容は聞いている。日々、ソフィアは課題に真摯に向き合い、自分の時間と能力を最大限注いでいたと。それはひとえに、君のひたむきさと、実直さそのものだ。自信を持っていい」

「自信……」

「ああ、君はよくやった。誇りに思うべきだ」

ソフィアの胸に、じんわりと温かい感情が去来する。

この一週間の自分を振り返る。訓練中はもちろんのこと、それ以外の時間、ご飯の時もお風呂の時も寝る直前も、常に課題について考えていた。

もっと精度を上げるにはどうすればいいのか、もっとうまくいくにはどうすればいいのかと、考えて考えて考え続けていた。

訓練の終わりには、反省点を羊皮紙に纏めて次に活かせるよう改善を心がけた。これ以上頑張れたかと聞かれると怪しいくらいには、ソフィアはこの課題に対して真摯に向き合っていた。

その結果が、通常よりもずっと早い成果に繋がった。この成功体験を事実として認識したソフィアの中に、今まで感じたことのない感覚が湧き起こった。

実家で過ごしていた時、毎日のように抱いていた——あの、自分の存在が、心がゴリゴリと削られていくものとは真逆の、満たされていくような感覚。

それは、ソフィアが魔力ゼロを叩き出し周囲から否定され始めて以降初めて実感した、〝自信〟であった。

（こんな私でも……）

やればできるんだ、とソフィアは思った。

自分の意思と関係なく、拳に力が入る。小さな小さなガッツポーズ。

ほんの少しだけ、ソフィアは自分に自信を持つことができたのであった。


——ずきん。


不意に、脳の芯辺りで痛みが走る。反射的に、ソフィアは頭を押さえた。

「いかがなさいました？」

ソフィアの挙動に気づいたクラリスが尋ねる。

「う、ううん、大丈夫。ちょっとボーッとしたというか」

反射的に答えると、クラリスは一瞬眉を顰めたが「そうなのですね」と言い置き続けた。

「今日もたくさん精霊魔法を使いましたからね、身体がお疲れなのでしょう。しっかりと夕食をおとりになって、湯船に浸かって、ゆっくりお休みしましょう」

「ええ、そうね……そうするわ」

頭痛は治まっていたが、心なしか身体が重い。

大きな石塊が肩にのしかかっているような感覚。

(ちょっと……疲れたかも……)

そう思いながら、視線を前に戻す。屋敷はもうすぐそこだった。

◇◇

屋敷に戻って、お風呂に入ったあたりから身体が熱い感じがした。

長湯をしたつもりはないのに、顔が火照っている。

冷たいお水を飲んだ後、部屋でぼーっとしているうちに夕食の時間になった。

食堂までの足取りは心なしかおぼつかなく、気を抜いたら壁にぶち当たってしまいそうだった。

もはや、普段の体調ではないことは明白だった。

しかし、ソフィアがそれを周りに訴える気にはなれなかった。

(思った以上に、疲れているだけ……うん、そうに違いないわ)

自分にそう言い聞かせた。実家にいた頃、体調が良くないと家族に伝えても心配されるどころか、面倒臭そうに対応されていた。

『貧弱なお前が悪い』『忙しい時に面倒事を持ち込むな』と一蹴された。いつしかソフィアは、体調に異常をきたしても周囲に打ち明けず、自然治癒に任せるようになった。

さすがにしんどい中で仕事をしてぶっ倒れた時は、使用人に自室に押し込まれ寝かされたが。

その時も、家族が心配して見に来てはくれなかった。そんな経緯があったため、いつしかソフィアは『周りに迷惑をかけないために自分の体調の不良を黙る癖』がついてしまった。

(大丈夫……ちょっと身体は熱いけど、歩けているし、意識もある)

以前、ぶっ倒れた時と比べたら全然ましだ。気合を入れ直し、ソフィアは歩を進める。

夕食を食べたら、今日はすぐに寝よう。それだけ決めて食堂へ向かった。

「来たか」

食堂にはすでにアランがいて、待っていたと言わんばかりの表情を浮かべる。

それを見るだけで、少しだけ気分が楽になったような気がした。

テーブルに目を向けると、今日も今日とて美味しそうな料理の数々。

いつもならここでお腹を鳴らすところだが、不思議と食欲が湧いてこない。食べて栄養を摂取したいという欲よりも、早くベッドに寝転がって体を休ませたいという欲が勝っていた。

おそらく、今日は全く量を食べられないだろう。

そんな確信があった。

(せっかく、用意してくれたのに……)

ソフィアの胸の中に、申し訳ない気持ちが溢れる。

「どうした、ボーッとして」

「あっ、ごめんなさい」

慌ててソフィアはアランの隣の席に着く。いつもの定位置。

「なんだか、今日はいつもより豪勢ですね」

大きなテーブルに並べられたラインナップを見て、ソフィアが呟く。

「今日は課題クリアの記念日だからな。シェフにはいっそう、腕を振るってもらった」

「わあ……ありがとうございます」

アランの気遣いに、ソフィアの口角が自然と持ち上がった。

しかし内心は、複雑な心境であった。食への祈りを捧げた後、夕食が始まる。

しかし予想通り、いつもよりも食指が動かない。

ネズミの如く、ちびちびとしか食べられなかった。

（どれも、美味しいのに……）

罪悪感。焦りが、申し訳なさが、ソフィアの鼓動を少しずつ早くする。

連動して、身体の調子がどんどん悪い方向へ向かっていっている実感があった。

自然と、水を飲む頻度が多くなる。

クラリスに何度も水を注いでもらって申し訳なくなる。

そのせいで余計に、熱が上がっていって……。

「ソフィア、何か考え事か？」

「えっ」

「あまり、食が進んでいないように見えるが」

ソフィアの異変に、アランが気づいた。

「あっ……えっと、その……」

ここで素直に、体調が悪いですと口にすることがソフィアにはできなかった。

大丈夫です。少しぼーっとしていただけです。ちょっと疲れで食欲が……。

といった、取り繕う言葉ばかり浮かんで。

だけどアランに誤魔化しの言葉をかけるのはなんだか嫌で。

あうあうと、思考をショートさせたソフィアは口をぱくぱくさせるばかりであった。

そんなソフィアの挙動を見ていたアランが目を細める。

それから『もしや』といった表情を浮かべて――。

「失礼する」

それは、突然のことだった。

ぴとりと、アランがソフィアのおでこに、自分のおでこをくっつけてきた。

「へぁっ……？」

突然のことすぎて、ソフィアは間の抜けた声を漏らしてしまう。

額にひんやりとした、それでいて硬い感覚。

ふわりと鼻腔をくすぐる甘い香り。

頭が、ホットケーキの上にのせたバターみたいに、とろんと溶けてしまいそうだ。

ソフィアは一瞬、何が起こったのか理解できなかった。

「……～～っ……～～……」

脳が状況を理解すると同時に、ソフィアが言葉になってない声を上げる。

その一方で、アランは眉を顰め深刻そうな言葉を告げる。

「……やはり、少し熱っぽいな」

（アッ……アラン様のお顔が……お顔が……!!）

近い!!

文字通り目と鼻の先にアランの凛々しい顔立ちがあって、ソフィアの羞恥度は一瞬にして跳ね上がってしまった。それに比例して、ソフィアの首元から耳先にかけてみるみる赤くなっていく。

「む……なんだ、どんどん体温が上がっていくぞ」

アランが怪訝な表情をして言う。

その言葉通り、ただでさえ身体の不調で高めだったソフィアの体温は急上昇していた。

「あの……アラン、様……」

「なんだ？」

「その……こんなにもお顔が近いと、とても恥ずかしいといいますか、なんといいますか……」

「……ああ」

アランが合点のいったように目を見開き、ぱっとおでこを離す。

それから頭を少し下げ申し訳なさそうに言った。

「すまない。これは、竜人族同士が体温を確かめ合う時の習性の一つで……特に深い意味はなかったんだ」

「な、なるほど……そういう習性がおありなのですね」

額に残った、ひんやりと硬い感触を覚えつつソフィアが頷く。

その動作だけで、びきんと脳に痛みが走った。

「いっ……」

思わず顔を顰め頭を押さえるソフィア。

「大丈夫か？」

ソフィアの顔をアランが心配そうに覗き込む。

「ソフィア様！」

同時に、後ろに控えていたクラリスがやってきてソフィアの額に手を当てた。

「これは……熱がありますね。それも、かなり高い」

「やはり」

思った通りだと、アランは続ける。

「夕食は中止にして、今すぐ部屋に戻ろう」

アランの言葉に、ソフィアの胸に到来するモヤモヤ感。

自分のせいでみんなに迷惑をかけてしまっている。心配をさせてしまっている。

このままじゃダメだと、ソフィアは目を見開いた。

「い、いえ、それは……大丈夫、ですので」

「どう見ても大丈夫じゃないだろう。熱もあるし、何よりもしんどそうじゃないか」

普段にも増してアランの声に力が入っている。自分のことを本気で心配していることがわかって、このまま我を通すのも違うという気持ちも生じた。

「こんな状態のまま、食事を続けるわけにはいかない」

有無を言わせないアランの言葉に、ソフィアはとうとう観念の言葉を口にする。

「……そう、れすね……」

おかしい、呂律(ろれつ)が回っていない。

頭がぽーっとして、身体がふわふわしている。

「……立てるか？」

「なんとか……ひゃっ……」

椅子から立ち上がるなり、ソフィアはアランに優しく抱きかかえられた。

いわゆるお姫様抱っこ。

「あっ、あらん様……？」

「体勢は辛くないか？」

アランの問いに、ソフィアはこくこくと頭を上下するしかできない。

落ち着く体温。大きくて逞しい身体に抱きかかえられているという安心感。

そしてなんだか……心臓がドキドキする。頬がもっと熱くなる。

「よしクラリス。先に部屋に戻って、療養の準備を」

「はい、ただいま」

クラリスが頭を下げてぱたぱたと駆けていく。

ソフィアを抱えたまま、アランもゆっくりと歩き出した。

大きくて逞しい腕の中から見上げるアランの顔つきは精悍で、かっこよくて。

ダメだと言い聞かせても、胸の辺りがうるさくて落ち着かない。

自分の中に確かに存在する感情から目を逸らすことは、もはや困難を極めていた。

「ありがとう……ございます……」

「気にするな。むしろ、すまなかった。もっと早く気づくことができれば……」

「いえ……そんな……」

私が悪いんです、と口に出そうになった途端。

ふっと意識から光が消えた。身体に力が入らない。

気が、遠く……なって、いく……。

「ソフィア……!?」

今まで聞いたことのない、アランの切羽詰まった声。

視界が真っ黒になる直前、ぎゅっと身体を抱き締めてくれるアランの腕の力を感じた。

「おそらく、熱疲労だコン」

ソフィアの部屋。お尻から大きい狐色の尻尾を生やし白衣を纏った女性――アランの屋敷に仕える医者のフレイルが、ベッドで眠るソフィアの診断をし終えて言う。

「熱疲労……つまり、ストレスか？」

そばに控えていたアランの言葉に、フレイルは頷く。

「ソフィアちゃんは急に環境が変わったことに加えて、連日、精霊魔法の練習をしていたコン。精霊魔法の課題をクリアしたことで緊張が解けて、一気に疲労が来たのだと思うコン」

フレイルの言葉に、アランは押し黙る。

何か大きな病気じゃなかったという安心の一方、倒れるまで無理をしていたということに気づけなかったという罪悪感が胸に芽生えていた。

「……命に別状はない、ということだな？」

「二日か三日くらいゆっくり休んだら治ると思うコン。回復の精霊魔法を使うほどでもないコン、そんなに心配しなくて良いコンよ」

穏やかな笑みを浮かべてからフレイルは、診療道具を鞄に入れて立ち上がる。

「ただ、くれぐれも安静にするコン。胃に優しいものを食べて、温かくして、ぐっすり眠るコンよ」

最後にそう言って、フレイルは部屋を後にした。

入れ替わりで、クラリスがやってくる。

「アラン様」

ソフィアのベッドの傍に、クラリスが椅子を持ってきた。

「助かる」

腰を下ろしてから、アランはソフィアの様子を見遣った。

今はだいぶ落ち着いているが、ソフィアの顔色は芳しくない。

額に汗を滲ませて、浅い呼吸を繰り返していた。

「アラン様、後は私が」

多忙なアランを慮ってか、クラリスが声をかける。

「クラリス」

「はい」

「少し、二人にさせてもらえるか?」

クラリスは一瞬、逡巡する素振りを見せたが、すぐに頭を下げる。

「かしこまりました。外に控えておりますので、何かありましたらお呼びいただけると」

「助かる」

再度頭を下げて、クラリスは退室する。

部屋にはソフィアとアランだけとなった。

「ソフィア……」

その名を空気に落とすも、ソフィアが目を開ける様子はない。フレイルは単なる疲労だと言っていたが、苦悶の表情を浮かべるソフィアを見ていると心配が拭えなかった。

人間は弱い。強靱(きょうじん)な肉体を持つ竜族のアランにとってその印象は強く、このまま目を覚まさないのではないか、という恐怖もあった。

ふと、アランは気づく。

（……こんな気持ちは、初めてだな）

病床に伏せる仲間を目にすることは今まで何度もあった。そのたびに憂慮の念を抱いてはいたが、今、ソフィアに対して抱いている感情の強さはその比ではなかった。

心臓が冷や汗をかいているかのようにドクドクと高鳴る。

表情を歪ませて苦しそうにするソフィアを見ていると、身が引き裂かれるような痛みを感じた。

何か自分にできることはないかと黙考するも、今ソフィアにとって一番大事なことはベッドの上でゆっくり休むこと。ただソフィアを見つめるしかできないことが、妙に歯痒かった。

ベッドの端に両肘をつき、祈るように合わせた両拳に顔を近づける。

「どうか、また……」

元気な姿を見せてほしいと、願ったその時。

『大丈夫だよ、ソフィアは』

頭に直接響いてくるような声に顔を上げる。

いつの間にか、フェンリルのハナコがソフィアのそばに腰を下ろしていた。

『大丈夫だよ、ソフィアは』

頭に直接響いてくるような声にアランが顔を上げると、フェンリルのハナコが視界に映った。

ガタリと、アランは椅子から立ち上がり半歩下がった。

一方のハナコはまるで主人に付き添うように、ソフィアのそばに腰を下ろしている。

「さっきの狐の人が言ってた通り、ちょっと疲れて眠っちゃってるだけだからさ。そんなに心配しなくて大丈夫」

先ほどまでのアランの心配を払拭するようにハナコが言う。

対するアランは目を見開いていた。

（この俺が、声をかけられるまで気づかなかった……だと）

軍事の中でも国のトップに身を置くアランの気配察知能力は相当なものだ。確かに精霊は人と違って観測が難しいが、莫大な精霊力を持つアランが気づかないなど本来ならあり得ない。

（この精霊は、一体……）

改めて、アランは思う。

アランにとってハナコはソフィアが連れてきた高位の精霊、くらいの認識だった。

精霊は気まぐれで自由の存在だ。両者に上下関係はなく、対等な関係として接してきた歴史がある分、こちら側から深く干渉するという風潮自体が乏しい。

故にハナコに関しても、出自や正確な力の保有量などを調べたことはなかった。

見たところソフィアにべったり懐いており、それ以外の者に危害を加える様子もないため、深く調べる必要がなかったのだ。

とはいえ。

（この精霊は、他の精霊と比べて明らかに違う……）

改めて対峙（たいじ）すると、そんな確信がアランの中に湧き上がった。ソフィアが桁外れの精霊力を保有しているから、彼女と何年も共にした精霊が膨大な力を保有するに至った、と考えるのが普通だが、もっと特殊な事柄がこのフェンリルに絡みついている気がしてならなかった。

（一体、この精霊は……）

何者なのだと思ったその時。

『そんなに警戒しなくても大丈夫だよ』

緊張感のない、悪戯（いたずら）好きな少年のような声。

こちら側の感情を読み取られたことに、アランは眉を顰める。

『僕はソフィアが大好きなだけの、ただの精霊さ。特段、気にかけるようなものでもないと思うよ』

「……気にかけるかどうかは、こちらが判断する」

『そうかい』

ひょいっと、ハナコはソフィアの身体を乗り越える。

それから枕元に移動して、ソフィアの顔をひと舐めした。

すると、ハナコの身体がぼうっと光る。

その光はソフィアの方へ移動して、彼女の身体を包むように纏わりついた。

「精霊力の譲渡か」

『君たちの言葉ではそう言うんだね』

相変わらず飄々（ひょうひょう）とした調子で言うハナコ。

『ソフィアには数えきれないくらいパワーをもらったからね、お返ししないと』

ソフィアの頬に顔を擦り寄せつつ、精霊力を譲渡しながらハナコは言う。

ハナコとソフィアの間でどのようなやりとりが行われていたのか知る由もないが、想像以上に二人の絆（きずな）が固いことを象徴するかのような光景だった。

『ああ、これだけは言っておきたいんだけど』

ふと、ハナコが顔を上げてアランの方を見た。

今までの屈託のない表情とは打って変わった、強い感情を灯した双眸。

『ソフィアに万が一のことがあったら僕……許さないからね？』

アランの背中に走るピリリとした緊張感。ハナコの全身から放たれる例えようのない圧力に負けじと、アランも強い瞳で返しながら口を開く。

「万が一、はあり得ない」

はっきりと、決意を灯すようにアランは言葉を告げる。

「俺が、ソフィアを守る」

今回のようなことは二度と起こすまいと、強く心に誓う。

『そっか』

ハナコから圧が消える。

まるでアランの胸襟を察したように、ハナコはどこか笑うように表情を柔らかくして。

『信じているよ』

それだけ言い残して、ふっと姿を消した。

再びソフィアと二人きりになって、息をつきながらアランが椅子に座り直す。

精霊というものはやはり、どこまでも気まぐれで、自由な存在だ。

だが、とアランは思う。ハナコはきっと、ソフィアの強い味方なんだろうと。

自分もそうでありたいと、改めて思うアラン。

仮初の婚約、種族間の報われない恋、本気で好きになるわけにはいかない。

そう色々と理由をつけてきたが、ソフィアに対する自身の執着を、想いを、誤魔化すことができなくなっていることに、アランは自覚を持ち始めていた。

◇

『エドモンドの家名に泥を塗りおって！　恥を知れ!!』

薄暗い空間。

ぼんやりとした影が、身体を引き裂くような怒声を浴びせてくる。

――ごめんなさい、お父様!!　ごめんなさい……!!

そう言葉にしようとしても、まるで氷魔法をかけられたように口が固まって動かない。

『貴女には失望したわ。あろうことか、魔力ゼロだなんて……貴女の母であることは、一生の恥ね』

違う影が、心底落胆したように言う。

――……お母様……ごめんなさい……出来の悪い私で……ごめんなさい……。

やはり、言葉を発することはできない。

一方的な罵倒が、鼓膜を、脳を震わせる。

『ほんと、生きてて恥ずかしくないのかしら、お姉様？　お姉様のせいで、私も学校で迷惑していますの。エドモンド家の恥さらしの妹はお前か、って。ま、私の実力を見れば尻尾を巻いて逃げていきますけどね！』

――マリンも……ごめんなさい……私のせいで、ごめんなさい……。

やっぱり口は開かないまま。鋭い言葉の刃が何度も何度もソフィアの心を引き裂く。

目尻からじわりと熱い雫が滲む。ただでさえ朧げな影が余計に不明瞭になる。

その様子がいっそう、不気味さを増していた。

――ああ、やっぱり……皆にたくさん迷惑をかける、お荷物でしかない私なんか……。

――生まれてこなければよかった。

そう思った、瞬間。

……フィア……大丈……ソフィア……。

自分のものではない、誰かの声がソフィアの頭の中に響いた。

低くて、落ち着いた、そしてどこか安心感のある声。

……ソフィア……おい……しっかりしろ……。

その声はみるみるうちに鮮明さを増していく。

それに比例して、周りの空間は徐々に形を崩し始めた。今までソフィアに罵倒を浴びせていた影たちも、波が覆われた砂浜の絵みたいにかき消されていく。今まで震えることすら許されなかったソフィアの口が少しずつ開いていき、一言だけ言葉を紡いだ。

――アラン……様

ソフィアを閉じ込めていた空間が、ぱりんと音を立てて崩れた。

「……ぅっあ」

短い悲鳴を漏らしてソフィアは覚醒した。大きく息を吸い込む。

一度だけじゃ全然足りなくて、何度も。身体が燃えるように熱い。

背中や首元、全身にじっとりとした不快感がある。

ぼんやりとした視界に映るのは、もう見慣れた天井の模様。

アランの屋敷にあてがわれた自室のものだ。

それでソフィアはようやく、安堵の息をつくことができた。

「大丈夫か、ソフィア？」

目を開けて飛び込んできたアランの姿に、ソフィアの浅い呼吸が治まっていく。

「ア……ラン、様……」

ひとりでに声が漏れる。それからゆっくりと上半身を起こす。

真っ暗闇の中に差し込んだ一筋の光を掴むかのように、ソフィアは手を伸ばした。

その小さな手を、アランが両手で包み込む。

大きくて温かくて、固い感触を感じてソフィアは安堵の息を漏らした。

「すまない、起こしてしまって。随分とうなされていたようだったから、つい声をかけてしまった」

アランの言葉に、ソフィアはふるふると首を横に揺らす。

「良かった……です、怖い夢を、見てて……暗くて、怖くて、それで……」

言いたいことがうまく纏まらない。

夢の中で感じた恐怖が、哀傷が、おぼつかない言葉となってぽろぽろと落ちる。

「大丈夫だ」

アランが身を寄せてくる。それから頭に優しい感触。

まるで大事な宝物を扱うかのように、アランはゆっくりとソフィアの頭を撫でた。

何度も、何度も。恐怖に歪んでいたソフィアの表情に、少しずつ安心が広がっていく。

心の中で騒めいていた黒いモヤが潮のように引いていく。

「……落ち着いたか？」

こくりと、ソフィアは頷く。

「もう一眠りするか？　であれば、退室する」

ふるふると、ソフィアは首を振る。

「少し、アラン様とお話ししたいです」

「わかった」

頷くアランに、ソフィアは目を伏せて言う。

「我儘を言ってしまって、ごめんなさい……」

「何も謝ることはない……本当に、謝ることはないんだ」

念を押すように言うアランの拳に、力が籠もる。

「むしろ俺の方が、ソフィアに謝らなければならない」

「何を、でしょうか？」

「医者によると、今回、ソフィアが倒れたのは過労だそうだ」

「過労……」

「ああ。環境が変わった上に、連日の精霊魔法の練習でずっと気を張っていたのだろう。今日、課題を一つクリアして緊張が緩んで、一気に疲労が来たという見立てだった」

「そう、だったのですね……」

自分の身体の調子に対しての認識が浅いのか、ソフィアはあまりピンときていなさそうだった。

「ソフィアが日に日に疲弊していくことに気づかず、随分と無理をさせてしまった。本当に、すまないと思って」

「いいえ」

アランが言い終わる前に、ソフィアが否定の言葉を口にする。

また、ソフィアは首を振る。

「私が、悪いのです」

震える声で、続ける。

「薄々、身体の調子が悪いということは気づいていました……ですが、言い出せなかった。皆さんに迷惑をかけたくない、ご心配をおかけしたくない……そう思って、我慢してしまって、言い出せなくて……だから、私が」

「君は悪くない」

今度はアランが、ソフィアの言葉を遮った。

「もう一度言う、君は悪くない。悪いのは……君に、〝全部自分が悪い〟と思い込ませた周りの者たちだ」

アランの強い語調に、ソフィアは息を呑む。

強い意志を灯した二つの瞳から目を逸らせなくなる。

「何度でも言う、君は悪くない、悪くないんだ。だから……」

そっと、ソフィアの頬に手を添えて。

優しく、労わるような声でアランは言う。

「そろそろ、自分の本心を肯定してあげてくれ」

その言葉は、ソフィアの凍りついた心にすとんと落ちた。どこか自覚はありながらも、大丈夫、大丈夫だって言い聞かせて、見えないように蓋をしていた本心。

辛い。

泣きたい。

もう嫌だ。

そんな自分の本心に、アランが触れてくれたような気がして。

もう我慢しなくていいって、言ってくれたような気がして。

「あ、れ……」

じわりと、視界が滲む。

アランの整った顔立ちが、ぼんやりと歪む。

目尻から熱い雫が滲み出したことに、ソフィアは遅れて気づいた。

「お、おかしいですね……なんで、でしょう……」

頬を伝う涙を慌てて拭う。

だけど、拭えど拭えど涙がぼろぼろと溢れ出てしまう。

「ご、ごめんなさい……すぐ止め……」

「止めないでいい」

アランが、ソフィアの頭を胸に抱き寄せる。

ぽす、と額に触れたアランの胸から優しい温もりを感じる。

「それが君の本心なら、素直に従ってくれ」

「ほん、しん……」

「ずっと辛かったのだろう？」

こくりと、ソフィアは小さく頷く。

首を横に振ることはもう、できなかった。

「もう、我慢しなくていい」

頭上からかけられる優しい言葉の数々。

「泣きたければ、泣けばいい」

その言葉が決定打だった。

ソフィアの本心を固く閉ざしていた氷の扉が、決壊する。

……ぽたり。

布団にひとつ、シミができる。

ぽたり、ぽたり、ぽたりと、何粒も。

「う、あ……ぁ……」

ソフィアの両腕が、アランの服を摑む。

「……うぅ……あぁあ……」

頭が真っ白になる。感情がぐっちゃぐちゃになって纏まらない。

それからソフィアは、声を上げて泣いた。

フェルミの実家にいた頃の、さっき悪夢で見た家族から受けてきた仕打ちの記憶が浮かんでは消え浮かんでは消えていく。

期待されて育った幼少期から一転、魔力判定ゼロを叩き出してから訪れた無能と蔑まれ虐げられ続けた苦痛の日々。

辛かった、しんどかった、泣きたかった。

でもそんな本心を口にしたってどうせ無駄だと、ずっと心の奥底に押し込めていた。

ソフィア自身が自らに課した抑圧にアランは気づいてくれて、我慢をしなくていいと、泣きたければ泣いていいと言ってくれた。

耐えられるわけが、なかった。

ソフィアは泣いた。

大声で、息を詰まらせたり、しゃくりをあげたりして。

アランの胸に抱かれて、赤ん坊のように泣きじゃくった。

数えきれないほどの感情が押し寄せてきて止まらなかった。

止めることなんて不可能だった。

一〇年分の悲しみを、辛さを、洗い流すかのように。

ソフィアはいつまでも、いつまでも泣き続けた。

そんなソフィアをずっと、アランは抱き締め続けてくれた。

◇◇

どれくらい涙を流していただろうか。

頬から湿り気がなくなって、しゃくりも止まって、呼吸も落ち着いてきた頃。

「落ち着いたか」

アランの問いかけに、ソフィアはこくりと頷く。

乾いた目元がしょぼしょぼするが、心の中は憑（つ）き物が取れたように晴れやかだった。

ありったけの感情を流し終えて残ったのは、とびっきりの羞恥心。

アランの胸の中で年甲斐もなく子どものように泣き散らしてしまったことに、ソフィアは今すぐ布団に包まりたいほど恥ずかしい気持ちでいっぱいだった。

「も、申し訳ございません……取り乱してしまい……あっ……」

大きな手が、ソフィアの顎をくいっと持ち上げる。

目と鼻の先に、アランの端整な顔立ち。

顔の温度が一気に上昇する感覚を、ソフィアは覚えた。

「こういう時に口にするのは、謝罪ではないだろう？」

アランの言わんとしていることを、ソフィアは察した。

「は、い……ありがとう、ございます」

先ほどまでの自分だったら、それでもごめんなさいと言っていたであろう場面で。

ソフィアは、感謝の気持ちを口にすることができた。

それは小さな変化かもしれない。しかし、二言目にはすぐ謝罪の言葉が溢れ出ていたソフィアにとっては、大きな変化と言えよう。

「それでいい」

ふ、とアランが満足そうに微笑む。

その柔らかな笑みを見た途端、ソフィアの胸がとくんと音を立てた。

いや。

どきん、の方が近いかもしれない。

（……ああ、もう）

この感情がなんなのかわからないほど、ソフィアは鈍感ではない。

いや、今まで何度も自覚するタイミングはあったのだ。

ただ、自分なんかがアラン様と釣り合うわけがない。

自分なんかがアラン様のことを本気で好きになってはいけない。

そう自分に何度も言い聞かせてきたから気づかないフリをしていただけ。

だけど。

（私……好きだ、アラン様のこと……）

もう、自分の気持ちに嘘はつけない。

抱いてはいけない感情だとわかっていても、止められない。

精霊王国に嫁いできてから、アランと過ごした日々が脳内を駆け巡る。

アランの一挙一動、言葉全てが愛おしくてたまらない。

『好き』がたくさん溢れ出てきて、どうにかなってしまいそうだった。

「アラン、様……」

「どうした」

好き。

と言葉にしてしまいそうになるのを、すんでのところで止めた。

この言葉は、口にしてはいけないと理性が強く働いた。

アランに迷惑をかけたくない、という気持ちもある。でも一方で、自分のこの気持ちが受け入れられなかったらどうしよう、という恐怖があったからだ。

（この婚約は、あくまでも形式上のもの……）

そう自分に言い聞かせる。

だけど、改めて、思う。

たとえ形式上のものだとしても。

「アラン様と結婚ができて……」

そこに本当の愛がなかったとしても。

「出逢うことができて……良かったなあって、改めて思ったといいますか」

ソフィアの言葉に、アランは目を丸くする。

しかしやがて、またソフィアが大好きな微笑を浮かべて。

「そうか」

そっと、ソフィアの頬に大きな手が触れる。

「俺も、ソフィアと出逢えて良かったと思っている」

「――っ」

胸が詰まるような感触。

決して多くは望まないソフィアにとって、今はその言葉だけで、充分だった。

嬉しいがたくさん溢れ出てきて、口元がにやけそうになるのを頑張って押しとどめる。

「何やら、嬉しそうだな」

押しとどめられていないようだった。

アランの言葉に、ソフィアは笑顔で返した。

心の底から湧き出た、嬉しいという感情で彩って。

（たとえこの気持ちが報われなかったとしても……）

きゅ、と小さく拳を握って。

（アラン様を好きというこの気持ちは……大切にしたい……）

心の底から強く、強く想うソフィアであった。

……この時のソフィアは、気づいていなかった。

自身の中で燃え上がる感情と同じものが、アランの胸の中でも芽生えつつあることを。

ソフィアの笑顔を前にしたアランが、どこか息が詰まったような反応を見せた理由に気づくには、もう少し時間がかかりそうであった。

エピローグ

「なんだか、一雨来そうね」

エルメルの居住地区の大通り。

付き人を数人連れて歩くシエルが、灰色の面積を増やしつつある空を見上げてぽつりと呟く。

「そろそろ戻られますか？」

「んー、そうね……」

付き人の質問に、シエルは顎に人差し指を添えるも。

「まだ大丈夫そうだし、もう少し歩きたいわ」

「かしこまりました」

深々と、付き人は頭を下げた。

国の長という立場であるため日々様々な報告や連絡が上がってくるシエル。

しかし、自分の目で見て気づくこともたくさんあるという意図の下、業務の合間を縫って街を歩き、国民の生活の様子を見て回る。それが、シエルの日課だった。

今日も今日とて王城を出て歩くこと、まだ三〇分足らず。

何やら空が不穏な気配を醸し出しているとはいえ、もう少し外を歩きたい気分であった。

エルメルの人口密度は低く、一つ一つの通りを広くとっているため人通りはまばらだ。

そんな中ですれ違う者たちは皆、シエルを見るなり頭を下げたり気さくに話しかけてきたりと、好意的な対応をしてくれる。

「あ、シエル様だ！」

「ほんとだ！　おーい！」

ゆったりとした心持ちで歩くシエルの元に、子どもたちがたたたたっと駆けてきた。

子どもたちを見るなり、シエルは目を細めて穏やかな笑みを浮かべる。

「ふふっ、こんにちは。学校はもう終わったの？」

「うん！　さっき終わった！」

「ちょうど今帰りなの！」

口々に言う子どもたちの瞳には、シエルに対する憧れと尊敬が浮かんでいる。

彼、彼女らは獣人族だったりエルフ族だったりと、種族は様々であった。

シエルがこの国の住民たちにどれだけ慕われているのかは一目瞭然である。子どもたちと別れてから再び歩みを再開すると、橋の手すりから川を見下ろすドワーフ族の青年が目に入った。

青年の横顔から不穏な気配を感じ取って、シエルは声をかける。

「どうかしたの？」

「シエル様」

青年はシエルを見るなり目を見開く。

「思い詰めたような顔をしてたから、声をかけたわ。何か、お困りごとでも？」

「困っている、といえばそうですが……」

青年が頭(かぶり)を振る。

「気にしないでください。シエル様のお手を煩わせるわけにもいけませんし……」

「手を煩わすなんて、とんでもないわ」

今度はシエルが頭を振る。

「国民の声に耳を傾けるのは、エルメルの長として当然のこと。遠慮なく、話してみて」

「シエル様……」

青年が感激したように息をつく。

それからしばし躊躇(ためら)う素振りを見せたが、やがて観念したように口を開いた。

「自分、この川を拠点として水運業を営んでいるのですが……実はここ数日、川の水位がみるみる減っていまして……」

「川の水位が？」

「ええ。半分、とまではいきませんが、かなり減っています。潮の満ち引きを抜きにしても、異常なペースで……」

深刻そうなトーンで青年は続ける。

「このままだと、船が出せなくなって、商売が立ち行かなくなります。なんとかならないものかと、考えていたところです」

「なるほど……そうだったのね」

シエルは深く頷き、少し考えてから言葉を口にする。

「わかったわ。この件は持ち帰って、議題に上げておきます」

「そ、そんな……ありがとうございます！　本当に、助かります……」

勢いよく青年は頭を下げた。

「こちらこそ、話してくれてありがとう」

柔らかく微笑んで、シエルは感謝の言葉を口にした。

「水運を営みにしているのに、川の水がなくなったら大変だものね。必ず、対策を講じるわ」

力強いシエルの言葉に、青年の顔にようやく明るさが戻った。

このところ雨が降らず作物に影響が出ている、という報告は受け取っていた。

しかしそこから派生して川の水位が下がり、水運業に弊害が起こっているという報告はまだ上がってきていなかった。豊富な水資源で成り立っているエルメルにとっては、由々しき事態である。

（やっぱり、実際に足を運ぶのも大切ね……）

そんなことを考えていたその時。

ぽつ、ぽつと……空から冷たい水滴が落ちてきた。

「雨……」

青年が呟く。暗雲から溢れ出した空の涙は勢いを増していく。

この分だと、じきに本降りへと変わるだろう。

「この雨で、少しは解消されそうね」

「だと、いいんですけど……」

期待半分、不安も半分といった声で青年は呟いた。

「水の精霊よ」

青年と別れてから、シエルは呟く。

「レイン・リフレクト」

唱えると、付き人を含めたシエルの周りを薄いシールドが覆った。

レイン・リフレクト――降りかかる水分を反射させる精霊魔法である。

これで雨に濡れることはない。

「ありがとうございます、シエル様」

「どういたしまして」

お礼を言う付き人が、続けてシエルに尋ねる。

「王城へ戻られますか？」

「そうね……」

――実はここ数日、川の水位がみるみる減っていまして……。

青年の言葉から嫌な予感を抱いたシエルは、付き人に言う。

「一度、『ユグドラ』へ行こうと思うの」

「……世界樹に、ですか？」

目を瞬かせる付き人に、シエルは「ええ」と返す。

「しかし、この後は内務大臣との定例会議の予定が入っていますが……」

「調整をお願い。優先順位が変わったの。嫌な予感がするわ」

樹齢一億年の世界樹『ユグドラ』。

エルメルの象徴にして心臓といっても過言ではない大樹の異変が加速している。

そんな直感が、シエルにはあった。

「……かしこまりました」

シエルからただならぬ気配を感じ取った付き人は、緊張感を纏った表情で頭を下げる。

「ごめんね、お願い」

言ってから、シエルは空を見上げる。

「ソフィアちゃんには、少し頑張ってもらわないといけないかもね」

どこか申し訳なさそうに、シエルは呟いた。精霊王国が抱える、世界樹に関する問題。

その問題の解決に打って出る日は近いと、シエルは予感していた。

竜神様に見初められまして
～虐げられ令嬢は精霊王国にて三食もふもふ
溺愛付きの生活を送り幸せになる～／完

あとがき

子供の頃から私は落ち着きのない子供だったようで、目を離すとすぐにどこかへ行ってしまう習性を持っていました。とにかく常に動いていたい、行動を制限されたくないといった、幼いながら抑圧に対する反骨精神が旺盛だった私は、幼稚園の入園式のその日に滑り台の順番待ちが耐えられず、『今飛び降りれば下に降りれるじゃん』というなんとも短絡的な思考で空へと羽ばたきました。

進化の過程で翼を獲得し損ねたホモ・サピエンスである私は、重力に抱き締められてそのまま地面に墜落。園内は騒然。救急車を呼ばれる大騒ぎとなりました。このエピソードから得た教訓は二つ。

一つは、『滑り台は順番待ちをしないと痛い目を見る』ということ。

もう一つは、『人間は空を飛べない』ということでした。

身をもって実感すると色々と諦めがつくもので、あの日以来、自力で空を飛ぼうなどという気を起こすこともなくなりました。空を飛びたくなったら東京モノレールに乗り込み羽田空港に向かうようになったのを振り返ると、自分も大人になったものだなあとしみじみする思いでございます。

前段が長くなりましたが、初めましての方は初めまして！

他の作品でお会いした方はお久しぶりです、青季ふゆです！

『竜神様に見初められまして』の第一巻をお手に取っていただきありがとうございます。

本作は、重力のしがらみをものともしない、力強くて精悍な竜様がヒーローのロマンスファンタジーとなっております。

私がもしアランだったら、滑り台の上から颯爽と空を飛び、そのまま上空一万メートルまで上昇して飛行機と一緒に翼を並べる、なんてことが出来たのにと残念でなりません。

それはさておき、本作の主人公のソフィアは自由を制限されてきた主人公です。

家族からの虐げや心無い言葉にさらされ、自分の生きたいように生きれないソフィアは、強くて心優しい竜神アランに見初められて自由を手に入れます。

精霊王国に向かう際、アランの背に乗って空を飛ぶくだりは、まさに自由を獲得した象徴的なシーンとも取れますね。

しかし自由とは一見、素晴らしいものに見えますが、見方を変えると人生を崩壊させかねない恐怖の概念でもあると私は考えています。

自由というものは裏返すと、いつどこで何をするのかを全て『自分で決めなければならない』ということでもあります。作中で自由を与えられたソフィアが、自分の本当にやりたいことがわからず戸惑ってしまうという場面がありますが、まさにそれですね。

そんな中でも何か自分の出来ることはないか、自分がしたいことは何かと模索し、行動に移していくことが大切だと思います。自我のなかったソフィアが、少しずつ自我を獲得していく（成長していく）という変化も、まさしくそれですね。

精霊王国の中で自分の居場所を見つけていったソフィアが今後どのような選択をし、アランとどのような関係性になっていくのか、これからあれこれ妄想するのが楽しみです。

あ、あと単純に猫が大大大好きなもふもふフェチでもあるので、これからもたくさんのもふもふを書いていきたいですね!! もふもふ!!

真面目な話でキリッと締めようと思ったのにおふざけ衝動が抑えきれなくなってきたのでこの辺で謝辞を!

担当Sさん、此度は今作を釣り上げていただきありがとうございました。お陰様で、もふもふぽわぽわな作品に仕上げることができました。

イラストレーターのみつなり都先生、ソフィアやアランたちに命を吹き込んでいただきありがとうございました。キャラデザの段階で本作のもふもふふわふわな世界観を存分に描いてくださって感無量でございます。

幼い頃から(今でも)落ち着きのない私も温かく見守ってくださった両親、ウェブ版で惜しみない応援をくださった読者の皆様。

本書の出版にあたって関わってくださった全ての皆様に感謝を。

本当にありがとうございました。

それではまた、二巻で皆様とお会いできる事を祈って。

青季ふゆ

竜神様に見初められまして
～虐げられ令嬢は精霊王国にて三食もふもふ溺愛付きの生活を送り幸せになる～

発行日　2023年6月24日 初版発行

著者 青季ふゆ　イラスト みつなり都

発行人　保坂嘉弘

発行所　株式会社マッグガーデン
〒102-8019 東京都千代田区五番町6-2
ホーマットホライゾンビル5F
編集 TEL：03-3515-3872　FAX：03-3262-5557
営業 TEL：03-3515-3871　FAX：03-3262-3436

印刷所　株式会社広済堂ネクスト

担当編集　須田房子（シュガーフォックス）

装　幀　早坂英莉＋ベイブリッジ・スタジオ、矢部政人

本書は、「小説家になろう」(https://syosetu.com/) 作品に、加筆と修正を入れて書籍化したものです。

ISBN978-4-8000-1338-5 C0093　Printed in Japan

著者へのファンレター・感想等は〒102-8019（株）マッグガーデン気付
「青季ふゆ先生」係、「みつなり都先生」係までお送りください。